Um bom par de sapatos e
um caderno de anotações
(*Como fazer uma reportagem*)

ANTON PÁVLOVITCH TCHÉKHOV

Um bom par de sapatos e um caderno de anotações
(Como fazer uma reportagem)

Seleção e prefácio
PIERO BRUNELLO

Tradução do russo e do italiano e notas
HOMERO FREITAS DE ANDRADE

martins
Martins Fontes

O original desta obra foi publicado com o título
Scarpe buone e un quaderno di appunti: Come fare un reportage.
© 2004, Piero Brunello.
© 2004, minimum fax, Roma, Itália.
© 2007, Martins Editora Livraria Ltda., São Paulo, para a presente edição.

Tradução
Homero Freitas de Andrade

Projeto gráfico e capa
Renata Miyabe Ueda

Preparação
Simone Zaccarias

Revisão
Huendel Viana
Eliane de Abreu Santoro

Produção gráfica
Demétrio Zanin

Dados Internacionais de Catalogação na Publicação (CIP)
(Câmara Brasileira do Livro, SP, Brasil)

Tchékhov, Anton Pávlovitch, 1860-1904.
  Um bom par de sapatos e um caderno de anotações : como fazer uma reportagem / Anton Pávlovitch Tchékhov ; seleção e prefácio Piero Brunello ; tradução do russo e do italiano e notas, Homero Freitas de Andrade. – São Paulo : Martins, 2007. – (Coleção Prosa)

  Título original em italiano : Scarpe buone e un quaderno di appunti: Come fare un reportage.

  ISBN 978-85-99102-36-7

  1. Comunicação 2. Literatura russa 3. Repórteres e reportagens 4. Tchékhov, Anton, 1860-1904 I. Brunello, Piero. II. Andrade, Homero Freitas de. III. Título. IV. Série.

07-8174
CDD-891.7

Índices para catálogo sistemático:
1. Literatura russa   891.7

Todos os direitos desta edição reservados à
Martins Editora Livraria Ltda.
R. Prof. Laerte Ramos de Carvalho, 163 01325-030 São Paulo SP Brasil
Tel.: (11) 3116 0000 Fax: (11) 3115 1072
info@martinseditora.com.br www.martinseditora.com.br

SUMÁRIO

Nota geral à tradução 7
Introdução | Piero Brunello 9

Primeira parte – Preparativos
  Projetos 21
  Pesquisa bibliográfica 27

Segunda parte – Pesquisa
  Requisitos 35
  Viajar 39
  Observar 57
  Coletar dados 67

Terceira parte – Escrita
  Superar as dificuldades iniciais 87
  Dar forma ao livro 89
  Objetividade 93
  Veracidade 105
  Inserir-se na cena 109
  Conselhos de escrita 117
  Últimas coisas 125

Apêndice
Um médico no inferno | Piero Brunello 129

NOTA GERAL À TRADUÇÃO

Os trechos selecionados por Piero Brunello para a edição italiana deste volume foram retirados de traduções das obras de Anton P. Tchékhov publicadas na Itália. Para a edição brasileira, esses trechos foram traduzidos diretamente do russo, com base nos textos "Da Sibéria" e *A ilha de Sacalina*, publicados nas *Obras completas em doze volumes* (*Sobránie Sotchiniéni v dvenadsati tomákh*, Moscou, Literatura Artística, 1963; v. x), e nos doze volumes da correspondência do escritor pertencentes às suas *Obras completas e Cartas em trinta volumes* (*Pólnoie Sobránie Sotchiniéni i Pícem v tridtsati tomákh*, Moscou, Academia de Ciências da União Soviética, 1974–1983).

Somente no caso das citações extraídas das cartas que Tchékhov escreveu a seu editor Aleksei Suvórin no período de 1886 a 1891(cf. Anton P. Tchékhov, *Cartas a Suvórin 1886–1891*, tradução do russo, introdução e notas de Aurora Fornoni Bernardini e Homero Freitas de Andrade, São Paulo, Edusp, 2002), bem como de outros trechos de correspondência publicados em *Sem trama e sem final* (org. de Piero Brunello, São Paulo, Martins, 2007), optou-se pela transcrição das traduções já existentes em português.

Para maior compreensão, foram inseridas onde necessário breves notas explicativas a respeito de termos russos e temas da cultura russa. Já para os grifos dos autores, sempre em itálico no texto, as notas foram dispensadas, como ocorre na edição italiana.

O tradutor

INTRODUÇÃO
Piero Brunello

Aos trinta anos Tchékhov fez uma viagem a Sacalina, uma das maiores ilhas do mundo, na costa oriental do império tsarista, para onde o governo russo deportava os prisioneiros condenados aos trabalhos forçados. Percorreu a Sibéria em veículos de tração animal, balsas e barcos a vapor, e chegou depois de dois meses e meio. A ilha pareceu-lhe um inferno. Não havia círculos e nem regra de talionato[1]. As pessoas adoeciam e morriam onde as tinham espalhado a maldade alheia, um pretexto burocrático, o acaso. As práticas com que Tchékhov tentou colocar ordem no caos, como estatísticas e tabelas, revelaram-se um fracasso. No entanto, o recenseamento dos habitantes permitiu-lhe entrar nas habitações, nas casernas e nos cárceres. Desse modo, pôde encontrar as pessoas, ver como viviam e escutar suas histórias. Ao final da pesquisa, que durou três meses, voltou para casa, navegando pelo mar do Japão e o oceano Índico.

Durante muito tempo Tchékhov não conseguiu escrever, até entender que a coisa dependia do tom de falsidade. "O falso", escreveu a seu editor[2], "consistia justamente no fato de parecer que eu queria, com meu *Sacalina*, pontificar sobre o assunto e, ao mesmo tempo, que estava escondendo algo e traía a mim mesmo".

---

1. Alusão à configuração do Inferno, em *A divina comédia*, de Dante Alighieri. (N. do T.)
2. Aleksei Suvórin (1834–1912), dramaturgo e editor do influente periódico *Nóvoie Vriémia* (*Tempo Novo*), de São Petersburgo. (N. do T.)

Pôs-se a descrever como se sentia "estranho" em Sacalina, que "porcalhões vivem ali", e então tudo "entrou em ponto de ebulição". Contou a viagem; reportou conversas, sensações, odores, sons, imagens, cifras. Quem lê a reportagem de Tchékhov sobre Sacalina tem a impressão de estar sendo guiado no inferno por um indivíduo comum e não por um ser onisciente: por um homem ingênuo que aceita os convites para almoçar, vai pescar, escuta conversas pelo caminho, está pronto para crer no próximo, observa com honestidade e sem preconceitos, verifica as notícias e conta aquilo que vê. Não há casos sensacionalistas nem figuras pitorescas. As personagens que encontra não sabem falar, são incapazes de se defender, quase sempre não sabem ler nem escrever.

Para uns, trata-se de uma reportagem malsucedida; já para outros, o livro é uma boa investigação, a primeira sobre o universo concentracionário, mas um fracasso como obra literária. A questão, discutida pelos críticos, é de somenos importância para quem não tem interesse em atribuir o livro a esse ou àquele gênero literário e para quem não tem condições de opinar sobre a qualidade lingüística e narrativa da obra. Se, ao contrário, pretende-se entender como Tchékhov desenvolveu a investigação e relatou-a, então *A ilha de Sacalina* parece um bom exemplo de como se faz uma pesquisa de campo e de como se escreve um relatório em tempos de censura. Assim como há muito a se aprender com os conselhos disseminados nas cartas de Tchékhov, o mesmo acontece com uma obra, pensada inicialmente como tese de doutorado em medicina, na qual Tchékhov parece seguir o conselho de um dos mais conhecidos tratados europeus de medicina à época, de autoria de Claude Bernard, que dizia: "O experimentador deve duvidar, não se obstinar numa idéia, e manter sempre a própria liberdade de pensamento"[3].

Quando responde às cartas de amigos ou conhecidos que lhe enviam textos para obter uma apreciação crítica ou um con-

---

3. Claude Bernard, *Introduzione allo studio della medicina sperimentale* [1865] (org. de F. Ghiretti, Milão, Feltrinelli, 1973²), p. 45.

selho, Tchékhov é generoso em sugestões de escrita, até mesmo minuciosas[4]; já no livro sobre Sacalina, concede muito pouco às digressões sobre o método. Em alguns casos chega a fazê-las, por exemplo, quando discute a validade dos dados do recenseamento. Porém, quase sempre Tchékhov entrega-se ao relato, intercalando dados demográficos, tabelas meteorológicas, estatísticas médicas e criminais com anotações de viagem, retratos, descrições de paisagens. Por isso, visto que na maior parte dos casos o texto não permite extrair sugestões explícitas e diretas, ao compor esta espécie de manual, tratava-se de entender o que faz Tchékhov no curso da viagem e, num segundo momento, de transformar episódios ou anedotas em outros tantos conselhos, teóricos ou práticos. Parece que, no momento de escrever, Tchékhov fez o mesmo, seguindo também nesse caso uma prática sugerida pelo tratado de Claude Bernard: "Através da observação atenta e do estudo, é sempre possível chegar a dar-se conta do que se está fazendo, e só desse modo pode-se transmitir aos outros o que sabemos"[5].

* * *

Os conselhos reunidos neste livro estão distribuídos pelas diversas fases de realização de uma reportagem: os preparativos, entre leituras e dúvidas; a pesquisa de campo e a coleta de dados; e finalmente o momento de pôr em ordem documentos e anotações e começar a escrever. Estas sugestões são dirigidas a todos que, a exemplo de Tchékhov, detestam o hábito de escrever sobre coisas que não conhecem. Pouco antes de empreender viagem, escreveu a seu editor:

> De um modo geral, há na Rússia uma penúria extrema no que se refere a fatos e uma riqueza extrema de elucubrações de

---

4. Cf. Anton Tchékhov, *Sem trama e sem final: 99 conselhos de escrita* (sel. e pref. de Piero Brunello, São Paulo, Martins, 2007).
5. Claude Bernard, op. cit., p. 223.

todo tipo, das quais estou agora firmemente convencido, ao estudar o que se escreveu sobre Sacalina.

O modo de fazer de Tchékhov poderia ser de ajuda ainda hoje. Suas sugestões são úteis não só àqueles que fazem longas viagens, mas também àqueles que observam e tentam compreender a realidade onde vivem.

Dizem que nas escolas de samba não se aprende olhando a aluna ou a melhor professora, mas tentando imitar quem dança um pouco melhor do que a gente, porém não muito. O mesmo ocorre em outros âmbitos. Se isso é verdade, por que cobiçar com olho gordo o que escreveu um grande escritor? Não se saberia dizer por quê, mas com Tchékhov aprende-se. O motivo, quem sabe, seria sua "extraordinária sociabilidade", como dizia Nabókov quando ensinava literatura russa, e "sua constante disponibilidade para conversar com todos, para cantar com quem cantava e embriagar-se com os beberrões"[6]. Não se encontra tal característica em outros grandes escritores, como por exemplo Tolstói, os quais, nas palavras de Tchékhov, "são despóticos como generais"[7].

Escreveu-se que Tolstói e Dostoiévski castigam os leitores por seus pecados, ao passo que Tchékhov diz a eles o que estava errado[8]. Percebe-se isso, lendo *A ilha de Sacalina*, o que nos permite sentir o livro tão próximo de nós. A violência e o embrutecimento são narrados por Tchékhov sem muita piedade, com

---

6. Vladimir Nabokov, *Lezioni di letteratura russa* (Milão, Garzanti, 1987), p. 282, que retoma por sua vez a citação de Korniei Tchukóvski, "Friend Chekhov", *Atlantic Monthly* (n. 140, setembro de 1947), pp. 84-90.
7. Carta a Aleksei Suvórin, 8 de setembro de 1891; em *Cartas a Suvórin* (trad. de Aurora Bernardini e Homero Freitas de Andrade, São Paulo, Edusp, 2002), p. 390. (N. do T.)
8. George P. Elliot, "Warm heart, cold eye", em Thomas A. Eeckman, *Critical essays on Anton Chekhov* (Boston, G. K. Hall & Company, 1989), p. 46.

solidariedade desprovida de retórica e distante de qualquer dramatização[9]. É por isso que um prontuário de conselhos retirados do modo como Tchékhov desenvolveu sua investigação na ilha dos deportados e fez dela um relatório de viagem poderá, além de aliviar eventualmente a solidão, oferecer boas idéias a quem queira fazer uma reportagem, a quem goste de viajar de modo responsável e a quem preze uma escrita precisa, honesta e empenhada.

ADVERTÊNCIA

Anton Tchékhov saiu de Moscou no dia 21 de abril de 1890. Em 11 de julho desembarcava na ilha, de onde partiu em 13 de outubro; no dia 9 de dezembro estava de volta ao lar. Segundo o calendário juliano em vigor na Rússia antes da revolução, até 12 de março de 1900 as datas apresentam um atraso de doze dias em relação à Europa Ocidental, e depois treze. Assim, quando lemos que em Sacalina a última neve cai em maio e às vezes em junho, deve-se pensar, à guisa de comparação, em junho avançado.

AGRADECIMENTOS

Foi Piero Colacicchi, há alguns anos, que me fez conhecer *A ilha de Sacalina*. Claudia Baldoli e Pietro di Paola ajudaram-me de muitos modos. Fabio Palombo auxiliou-me na pesquisa da primeira tradução italiana. Giacomo Corazzol convenceu-me a não me perder com demasiadas teses sobre os gêneros literários. Alberto Masoero esclareceu-me algumas questões relativas à Rússia tsarista. Discuti os temas deste livro em um encontro sobre *"A ilha de Sacalina* de Anton Tchékhov como exemplo de pesquisa de campo", realizado em 2 de fevereiro de 2004 no Departa-

---

9. Faço minhas as palavras de Eridano Bazzarelli, "Presentazione", em Anton Cechov, *Opere varie* (Milão, Mursia, 1963²), pp. IX-XXV.

mento de Estudos Históricos da Universidade de Veneza, com a participação de Stefano Ballarin, Vartan Karapetian, Matteo Melchiorre, Mirella Vedovetto, com quem defini depois os títulos e subtítulos da antologia. Gigi Corazzol leu e discutiu o texto datilografado, fazendo-me refletir sobre o fato de que o modo de proceder de Tchékhov não é útil apenas, nem principalmente, para quem escreve pesquisas. Dedico este livro à minha mulher, Gianna Rosa.

Um bom par de sapatos e um caderno de anotações

Primeira parte – Preparativos

Perambula-se, por assim dizer, no reino da ciência, e colocamo-nos atrás daquilo que casualmente pode se apresentar à nossa frente.

Claude Bernard, Introdução ao estudo da medicina experimental

PROJETOS

MUDAR DE ARES

Viajar para vencer a preguiça, sem a expectativa de ter de escrever.

Pode ser que eu não consiga escrever nada, mas, ainda assim, a viagem mantém para mim o seu aroma: lendo, olhando para tudo e ouvindo, conhecerei e aprenderei muito. Ainda não viajei, mas, graças aos livros que agora li por necessidade, fiquei sabendo muita coisa que todos devem saber, sob pena de quarenta açoites, e que minha ignorância não me permitiu conhecer antes. Além disso, suponho que a viagem seja um trabalho ininterrupto, físico e intelectual, de meio ano, e isso me é necessário, pois sou ucraniano e já começo a ficar preguiçoso. É preciso adestrar-se. Que seja a minha viagem uma asneira, uma cisma, um capricho, mas pense e diga: o que perderei se partir? Tempo? Dinheiro? Vou passar privações? Meu tempo não me custa nada; dinheiro, de qualquer modo, eu nunca tenho, e, quanto às privações, vou viajar a cavalo uns 25, 30 dias, não mais, passarei todo o tempo restante no convés de um vapor ou num quarto, de onde irei bombardeá-lo continuamente de cartas. Mesmo que a viagem não me dê absolutamente nada, será que, apesar de tudo, não haverá uns dois ou três dias dos quais eu vá me lembrar o resto da vida com entusiasmo ou com amargura?

A ALEKSEI SUVÓRIN,
9 de março de 1890

NÃO DAR OUVIDOS AOS CRÍTICOS

Não é necessário prestar contas à crítica; seguir a própria consciência.

Você escreve que gostaria de brigar feio comigo, "sobretudo por questões de moral e de arte", alude com pouca clareza a certos crimes de minha autoria, que merecem repreensão de amigo, e chega a ameaçar-me com "a crítica influente dos jornais". [...] Será possível que nos conceitos de moral eu me diferencie das pessoas iguais a você, a ponto de merecer uma repreensão e a atenção especial da crítica influente? [...] Na minha vida inteira, se posso acreditar na tranqüilidade da minha consciência, eu, nem por palavras, nem por atos, nem por intenção, nem em meus contos ou vaudeviles, nunca desejei a mulher do próximo, nem seu escravo, nem seu boi, nem cabeça alguma de seu gado; não roubei, não fui hipócrita, não adulei os poderosos nem a eles recorri, não fiz chantagens e nem fui teúdo e manteúdo. É verdade, levei uma vida de ócio, ri loucamente, empanturrei-me, embebedei-me, forniquei, mas tudo isso é questão de foro íntimo e não me tira o direito de pensar que, em relação à moral, não estou nem acima e nem abaixo da média. [...]

Se a crítica, a cuja autoridade você se refere, sabe o que eu e você não sabemos, então por que ela permanece calada, por que não nos revela a verdade e suas leis irrevogáveis? Se ela soubesse, pode ter a certeza de que há muito já nos teria mostrado o caminho, e saberíamos o que fazer [...], não sentiríamos tanto tédio e enfado, e você não se deixaria arrastar para o teatro, nem eu para Sacalina. Mas a crítica fecha-se num silêncio imponente, ou então limita-se a um palavreado oco e inútil. Se ela lhe parece influente é. só por ser tola, pretensiosa, atrevida e barulhenta, por ser um barril vazio que se ouve a contragosto[1].

Pensando bem, vamos deixar tudo isso de lado e mudemos de assunto. Por favor, não deposite esperanças literárias na minha via-

---

1. Alusão à fábula "Os dois barris", de Ivan Krylov. (N. do T.)

gem a Sacalina. Não estou indo para colher observações e impressões, mas simplesmente para viver seis meses de modo diferente do que tenho vivido até agora. Não espere muito de mim, meu velho; se der sorte e conseguir fazer alguma coisa, então graças a Deus, do contrário, não me leve a mal. Partirei depois da Páscoa.

A IVAN LEÓNTIEV CHTCHEGLOV,
22 de março de 1890

CONVERSAR A RESPEITO COM OS AMIGOS

Esclarecer para si mesmo motivos e objetivos da pesquisa, trocando opiniões com pessoas próximas.

A respeito de Sacalina, estamos ambos enganados, mas você, provavelmente, mais do que eu. Parto plenamente convencido de que minha viagem não trará uma contribuição valiosa nem à literatura, nem à ciência; faltam-me para isso conhecimentos, tempo e pretensão. Não tenho os planos de Humboldt, nem mesmo os de Kennan. Pretendo apenas escrever umas cem ou duzentas páginas e, com isso, saldar um pouco do meu débito para com a medicina, perante a qual, como é do seu conhecimento, não passo de um porco. [...] Sacalina é um lugar de sofrimentos intoleráveis, que só o ser humano, livre ou forçado, é capaz de suportar. Aqueles que trabalharam lá, ou em seus arredores, realizaram tarefas terríveis e importantes, e ainda hoje as realizam. Lamento não ser sentimental, senão diria que a lugares como Sacalina nós devemos ir em peregrinação, como os turcos vão a Meca; os marinheiros e os responsáveis pelos presídios, em particular, devem olhar para Sacalina, como os militares olham para Sebastópol[2]. Pelos livros que li e que estou lendo, constata-se que

---

2. Em Sebastópol, no litoral do Mar Negro, ocorreram os principais combates da Guerra da Criméia (1853–1855). (N. do T.)

deixamos apodrecer *milhões* de pessoas nas prisões, deixamos apodrecer, sem razão, de maneira bárbara; fizemos pessoas algemadas correr no frio dezenas de milhares de verstas, transmitimos sífilis, corrompemos, multiplicamos os criminosos, e tudo isso nós imputamos aos carcereiros de nariz vermelho. Atualmente, toda a Europa culta sabe que os culpados não são os carcereiros e sim nós, mas nós nada temos a ver com isso, isso não interessa. Os gloriosos anos 60[3] não fizeram *nada* pelos detentos nem pelos enfermos, transgredindo assim o mais importante mandamento da civilização cristã. Agora ainda se está fazendo alguma coisa pelos enfermos, mas nada pelos detentos; a administração dos presídios, decididamente, não interessa aos nossos juristas. Porém, eu lhe asseguro que Sacalina é necessária e interessa; só se deve lamentar que seja eu a ir para lá e não alguém que entenda mais do assunto e que seja capaz de suscitar interesse na sociedade. Porque eu, pessoalmente, vou lá em busca de ninharias.

A ALEKSEI SUVÓRIN,
9 de março de 1890

REAGIR À INDIFERENÇA

Estudar coisas que ninguém estuda; ir ver pessoalmente injustiças que ninguém vê; elogio da experiência e dos conhecimentos de primeira mão.

---

3. Década do assim chamado populismo russo, ideologia que marcou o ambiente cultural na segunda metade do século XIX, em que os jovens (especialmente os estudantes) "iam ao povo", para conscientizá-lo. Foi também a época das "grandes reformas", iniciada com a emancipação dos servos da gleba (1861) e seguida por mudanças nos sistemas administrativo e judiciário, na educação e no exército, além de uma série de medidas sociais de caráter liberalizante. (N. do T.)

Estou profundamente convencido de que nos próximos cinqüenta ou cem anos a perpetuidade de nossas condenações será vista com a mesma perplexidade e a mesma sensação de embaraço com que agora vemos as dilacerações das narinas ou a amputação de um dedo da mão esquerda. E também estou profundamente convencido de que, muito embora se reconheça sincera e abertamente o caráter antiquado e pernicioso de fenômenos tão superados como a condenação perpétua, não estamos de modo algum em condições de fazer melhor. Para substituir essa perpetuidade por algo mais racional e mais de acordo com a justiça, faltam-nos atualmente tanto conhecimentos quanto experiência e, portanto, coragem também; todas as tentativas nessa direção, irresolutas e unilaterais, poderiam apenas induzir-nos a erros graves e excessos: tal é a sorte de todas as iniciativas que não se fundamentam no saber e na experiência. [...] Já faz vinte, trinta anos que a nossa elucubrante *intelligentsia* vive a repetir que todo criminoso é produto da sociedade, mas como ela se mostra indiferente a esse produto! A causa de tal indiferença em relação aos que estão encarcerados e aos que penam no degredo, inconcebível para um Estado cristão e uma literatura cristã, reside na extraordinária ignorância do nosso jurista russo: ele pouco sabe e ainda por cima não está livre de preconceitos profissionais, assim como a semente de urtiga que ele mesmo espalha. Presta exames na universidade só para aprender a julgar a pessoa e a condená-la ao cárcere e ao desterro; admitido no serviço, que lhe permite receber um ordenado, limita-se a julgar e a condenar, e aonde vai parar o condenado no final do processo e com que finalidade, o que é a prisão e o que é a Sibéria, ele não sabe, não lhe interessa e não entra no rol de suas competências: isso já é tarefa dos guardas e dos carcereiros de nariz avermelhado![4]

---

4. Cf. Anton Tchékhov, "Da Sibéria", 18 de maio de 1890.

PESQUISA BIBLIOGRÁFICA

LER E RESUMIR

Procurar publicações e fazer fichas; pedir auxílio e livros emprestados; ler de tudo, mas deixar de lado textos quem não mencionem dados de fato.

Passo o dia lendo e fazendo resumos. Na minha cabeça e no papel, nada além de Sacalina. É uma forma de demência. *Mania Sachalinosa*.

A ALEKSEI PLECHTCHÉIEV,
15 de fevereiro de 1890

Quanto aos livros, que gostaria de receber de Skalkóvski, estou mandando uma nova listinha. Enviei-lhe hoje *O Mensageiro da Europa* V e VI de 1879[1] e o livro de Zandrok (em nome dele). [...]
Caso encontre em sua biblioteca o artigo da Tsébrikova[2], não precisa mandá-lo. Artigos desse gênero não acrescentam nenhum conhecimento e só nos roubam tempo; precisamos de fa-

---

1. No volume V havia o artigo de Talberg "Os trabalhos forçados em Sacalina", e no volume VI, com assinatura não identificável, o artigo "A primeira universidade da Sibéria". (N. do T.)
2. Trata-se, provavelmente, da brochura de M. K. Tsébrikova *Trabalhos forçados e degredo* (Genebra, 1889). (N. do T.)

tos. De um modo geral, há na Rússia uma penúria extrema no que se refere a fatos e uma riqueza extrema de elucubrações de todo tipo, das quais estou agora firmemente convencido ao estudar o que se escreveu sobre Sacalina.

A ALEKSEI SUVÓRIN,
23 de fevereiro de 1890

Sem arredar pé de casa, fico lendo quanto custava a tonelada do carvão de Sacalina em 1863 e quanto custava o de Xangai; leio sobre as grandes extensões e sobre os ventos de NE, NO, SE e outros que hão de soprar sobre minha cabeça, enquanto tento controlar meu mal-estar marítimo diante do litoral de Sacalina. Leio a respeito do solo, do subsolo, sobre a argila e a areia argilosa.

A MODIEST TCHAIKÓVSKI,
16 de março de 1890

Não haveria em sua biblioteca um exemplar de *O clima de vários países*, de Voiéikov[3]? É um livro muito bom. Em havendo, queira mandá-lo; caso contrário, não precisa, pois ele custa cinco rublos – o que para mim sai caro demais. Mande-me *A Sibéria e o trabalho forçado*, de Maksímov.

A ALEKSEI SUVÓRIN,
22 de março de 1890

ESCREVER AS PARTES COMPILATIVAS

Escrever os trechos que não dependem de pesquisa de campo, utilizando leituras, fichamentos e resumos; examinando mapas geográficos, descrever como um território foi representado no decorrer do tempo.

---

3. Trata-se do livro *Os climas do globo terrestre* (São Petersburgo, 1884) de A. I. Voiéikov. (N. do T.)

Já comecei a escrever sobre Sacalina. Escrevi umas cinco páginas sobre a "história da exploração". Até que saiu bem, com certa erudição e autoridade. Comecei também a geografia, com os graus e os promontórios...

A ALEKSEI SUVÓRIN,
4 de março de 1890

Em junho de 1787, o conhecido navegador francês conde de la Pérouse desembarcou na costa ocidental de Sacalina, acima do paralelo 48, e comunicou-se com os nativos. A julgar pela descrição que deixou, ele não encontrou vivendo ali no litoral apenas a população *aino*, mas também a dos *guiliaki*[4], que se aproximaram para vender-lhe coisas; homens vividos, que conheciam bem tanto a costa de Sacalina como a da Tartária. Traçando sinais na areia, explicaram-lhe que a terra em que viviam era uma ilha e essa ilha era separada do continente e de Yesso (Japão) por estreitos. [...] Navegou em direção ao norte até onde as dimensões de sua embarcação permitiram e, atingindo a profundidade de nove braças, deteve-se. A elevação gradual e regular do fundo e o fato de que no estreito a corrente era quase imperceptível levaram-no à convicção de encontrar-se não em um estreito mas em um golfo, e que Sacalina devia ser unida ao continente por um istmo. Em De Castries encontrou outros *guiliaki*. Ao desenhar-lhes no papel uma ilha, separada do continente, um deles tomou-lhe o lápis e, traçando uma linha através do estreito, explicou-lhe que de vez em quando os *guiliaki* precisavam arrastar suas embarcações através desse istmo, sobre o qual cresce vegetação: assim entendeu La Pérouse. Isso o deixou ainda mais firmemente convencido de que Sacalina era uma península[5]. [i]

---

4. Antiga denominação dos *nívkhi*, habitantes da ilha. (N. do T.)
5. Aqui, entre parênteses, é possível citar uma observação de Neviélskoi: os nativos costumam traçar uma linha entre as margens para indicar que de uma extremidade à outra é possível atravessar com o barco, ou seja, que entre as duas margens há um estreito.

Em 1710, por ordem do imperador chinês, alguns missionários de Pequim traçaram um mapa da Tartária; para compilá-lo, serviram-se de mapas japoneses, o que se torna evidente pelo fato de que naquela época a navegabilidade do estreito de La Pérouse e do estreito da Tartária só podia ser conhecida pelos japoneses. O mapa foi mandado à França e tornou-se conhecido por ter entrado no atlas do geógrafo D'Anville[6]. [i]

---

6. *Nouvel Atlas de la Chine, de la Tartaire chinoise e de Thibet*, 1737.

Segunda parte – Pesquisa

Como diz Bacon, a pesquisa científica é uma espécie de batida de caça e as observações são a presa. Para continuar a comparação, poder-se-ia acrescentar que, enquanto a presa às vezes deve ser desentocada, a outra apresenta-se de modo espontâneo e em muitos casos chega a ser diferente daquilo que se buscava.

Claude Bernard, Introdução ao estudo da medicina experimental

REQUISITOS

UM BOM PAR DE SAPATOS

Não economizar nas botas.

A meu ver, é melhor andar descalço do que metido em botas baratas. Imagine o meu sofrimento! Descer a toda hora do carro, sentar na terra úmida e tirar as botas para aliviar os calcanhares. Deveras confortável nesse frio de rachar! Tive de comprar *válenki*[1] em Ichim... E com eles viajei, até apodrecerem de tanta umidade e lama.

Partimos... Lama, chuva, um vento furioso, frio... e *válenki* nos pés. Sabe o que significam *válenki* encharcados? Parecem botas de galantina. Vamos indo, vamos indo, e eis que se estende diante dos meus olhos um lago imenso, no qual manchas de terra aparecem aqui e ali e moitas emergem: são prados alagados. Ao longe prolonga-se a margem íngreme do Irtych, que a neve branqueia... Tem início a travessia do lago. Voltaria para trás, mas a teimosia impede-me e um entusiasmo incompreensível apodera-se de mim [...]. Vamos indo, ocupando ilhotas e faixas de terra. A direção é indicada pelas pontes e pinguelas destroçadas. Para atravessá-las, é preciso desatrelar os cavalos e conduzi-los um por um... O cocheiro desatrela-os, eu me lanço de *válenki* na água e guio os cavalos... Que diversão! E, no entanto, a chuva, o ven-

---
1. Tradicionais botas de feltro. (N. do T.)

to... valei-me rainha do céu! [...] Vamos indo... Nos meus *válenki* há tanta umidade quanto numa latrina. Os pés chapinham lá dentro, as meias parecem assoar o nariz.

A Maria Tchékhova,
14–17 de maio de 1890

CADERNO DE ANOTAÇÕES

Ter sempre uma caderneta onde anotar dados, observações, modos de dizer, e onde transcrever declarações e eventuais entrevistas.

O cárcere é debilmente ventilado e, além disso, o ar para cada habitante é pouco. Anotei na minha caderneta: "Barracão número 9. Conteúdo cúbico de ar 187 braças. Cerca de 65 detentos alojados". Isso no verão, quando apenas metade dos detentos pernoita na prisão. [v]

[Um inveterado jogador de baralho] disse-me que ao jogar *chtos*[2] sente "eletricidade nas veias": contrai as mãos de ansiedade. Uma de suas lembranças mais agradáveis é a de ter, na mocidade, surrupiado o relógio do próprio chefe de polícia. É com entusiasmo que ele conta sobre o jogo de *chtos*. Lembro a frase: "a gente atira e não acerta!", que ele proferiu com o desespero do caçador que errou o tiro. Anotei para os amadores algumas de suas expressões: o transporte é comido! *napé! naperipé!* a quina! ponto de um rublo! na cor e no naipe, a artilharia! [VIII]

Quando me apresentei com o papel ao governador-geral, ele me expôs seu ponto de vista sobre os trabalhos forçados e a colônia de Sacalina, e propôs que anotasse tudo o que dissesse, coisa que eu, naturalmente, fiz de muito bom grado. A tudo o

---

2. Jogo de cartas. (N. do T.)

que tinha anotado, propôs-me dar o seguinte título: "Descrição da vida dos infelizes". De nossa última conversa e das anotações do que me tinha ditado, tirei a certeza de que era uma pessoa magnânima e generosa, mas não conhecia a "vida dos infelizes" tão bem quanto imaginava. Eis algumas linhas da descrição: "Ninguém é privado da esperança de reconquistar a plenitude de seus direitos; não existem condenações perpétuas. Os trabalhos forçados perpétuos não ultrapassam vinte anos. Os trabalhos dos detentos não são pesados. O trabalho forçado não traz ao trabalhador um benefício pessoal, residindo nisso o seu peso e não no esforço físico. Não há correntes, não há sentinelas, não há cabeças raspadas". [II]

DISPONIBILIDADE PARA MUDAR DE IDÉIA

Estar preparado para rever opiniões baseadas em leituras e expectativas.

Farto de ler sobre as tempestades e os gelos do estreito Tártaro, esperava encontrar a bordo do *Baikal* baleeiros de voz rouca, que durante a conversa cuspissem fumo de mascar, mas na realidade topei com pessoas bem inteligentes. O comandante do vapor, o sr. L., nativo da zona ocidental, navega nos mares do Norte há mais de trinta anos e percorreu-os de cabo a rabo. Viu em sua vida muitos prodígios, tem muitos conhecimentos e conta coisas interessantes. Tendo vagado metade da vida entre a Kantchatka e as ilhas Kurilas, talvez com mais direito do que Otelo, ele poderia falar de "desertos mui áridos, abismos assustadores, rochas inacessíveis". Devo-lhe muitas informações úteis para essas anotações. Ele conta com três ajudantes: o sr. B., sobrinho do famoso astrônomo B., e dois suecos, Ivan Martýnytch e Ivan Veniamínytch – gente boa e cordial. [I]

VIAJAR

NÃO DESANIMAR

Não se deixar vencer pelas dificuldades iniciais e pelo medo do imprevisto.

Mas voltemos a mim. Não tendo encontrado abrigo, já anoitecia, resolvi dirigir-me ao *Baikal*. Mas, nisso, uma nova desgraça: arma-se uma tremenda borrasca e os barqueiros *guiliaki* não aceitam me transportar nem por muito dinheiro. Caminho novamente pela margem, sem saber o que fazer da vida. Entretanto já se põe o sol, e as ondas do Amur escurecem. Numa e noutra margem os cães dos *guiliaki* uivam furiosamente. E por que tinha eu de vir até aqui? – pergunto a mim mesmo, e a viagem parece-me uma enorme leviandade. Também o pensamento de que o local de trabalhos forçados já está próximo, que daqui a alguns dias desembarcarei no solo de Sacalina, sem carta de recomendação, que podem exigir que volte para trás – este pensamento traz-me uma desagradável inquietação. Mas, por fim, dois *guiliaki* aceitam levar-me por um rublo, e, num barco feito de três tábuas, tenho a felicidade de alcançar o *Baikal*. [1]

Dessa vez o tempo estava ameno, claro, o que acontece muito raramente por aqui. Pelo mar perfeitamente liso, lançando para cima seus chafarizes, passeavam baleias aos pares, e esse espetáculo belo, original, deleitou-nos durante toda a viagem. Mas confesso que o meu estado de espírito não era alegre, e, quanto mais próximo de Sacalina, pior ainda. Eu estava inquieto. O oficial que acompanhava os soldados, ao saber o motivo de minha viagem a Sacalina, ficou muito admirado e tentou convencer-me de que eu não tinha o direito de aproximar-me dos trabalhos forçados e da colônia, já que não fazia parte do serviço público. Naturalmente, eu sabia que ele não tinha razão, mas suas palavras fizeram-me mal e eu temia encontrar também em Sacalina o mesmo tipo de opinião.

[...] Passei a noite a bordo do vapor. De manhã cedo, lá pelas cinco, fui acordado pela algazarra: "Rápido, rápido! O escaler vai partir para a costa pela última vez! Já vamos levantar âncora!".

No instante seguinte eu já me encontrava instalado no escaler, ao lado de um jovem funcionário de cara amarrada e sonolenta. O escaler apitou e dirigimo-nos à margem, puxando a reboque duas lanchas de forçados. Vencidos pelo trabalho noturno e pela insônia, os detentos estavam abatidos e carrancudos; permaneceram o tempo todo em silêncio. Seus rostos estavam cobertos de orvalho. Fazem-me lembrar agora alguns caucasianos de traços marcados e gorros de peles, puxados até os olhos. [...] O que ontem era lúgubre e sombrio e tanto assustava a imaginação agora estava imerso no esplendor do amanhecer; o volumoso e desajeitado Jonkier com seu farol, os "Três Irmãos" e as margens altas e escarpadas, visíveis por dez verstas de ambos os lados, a neblina diáfana cobrindo os montes e a fumaça do incêndio formavam, com o resplendor do sol e do mar, um quadro bem bonito. [II]

NÃO PLANEJAR DEMAIS

Às vezes, deixar nas mãos do acaso pode revelar-se útil, principalmente se o lugar é desconhecido.

Na margem havia um cavalo, atrelado a um veículo sem molas. Forçados lançaram minha bagagem no veículo; um homem de barba preta, vestindo um paletó sobre a camisa por fora das calças, sentou-se na boléia. Partimos.

– Para onde Vossa Excelência deseja ir? – perguntou, virando-se e tirando o gorro.

Perguntei se não era possível alugar um apartamento em algum lugar, mesmo de um quarto só.

– É desses mesmos que alugam por aqui, Excelência.

O cocheiro levou-me até a vila Aleksandróvskaia, um subúrbio local, à casa de P., um camponês ex-deportado. Mostraram-me o apartamento. [II]

Oito de setembro, dia de festa, depois da missa, estava saindo da igreja com um jovem funcionário, e justamente nesse instante transportavam um morto em cima de uma padiola; era transportado por quatro detentos esfarrapados, com a aparência vulgar dos bêbados, semelhantes aos mendigos de nossas cidades; eram seguidos por dois outros forçados, de reserva, uma mulher com duas crianças e o georgiano Kelbokiáni, um moreno com trajes de homem livre (trabalha como escrivão e tem o título de príncipe), e todos aparentavam pressa, com medo de não encontrarem mais o sacerdote na igreja. Ficamos sabendo por Kelbokiáni que a morta era Liálikova, mulher livre, cujo marido, um colono, viajara para Nikoláievsk; tinha deixado dois filhos, e agora ele, Kelbokiáni, que era inquilino no apartamento de Liálikova, não sabia o que fazer com as crianças. Eu e meu acompanhante estávamos à toa e seguimos adiante até o cemitério, sem esperar as exéquias. [XIX]

ACEITAR CONVITES

Ir a almoços, observar a arrumação da mesa e a comida, ouvir as falas dos convidados e participar da conversação.

Enquanto conversava com o balconista, o patrão em pessoa entrou na loja, vestindo jaqueta de seda e gravata colorida. Fomos apresentados.

— O senhor não me daria a honra de almoçar em minha casa? — propôs.

Aceitei e fomos para lá. O mobiliário da casa era confortável. Mobília vienense, flores, um *Ariston* norte-americano, uma cadeira de balanço, na qual L. acomoda-se depois do almoço. Além da dona da casa, encontrei na sala de jantar mais quatro convidados, todos funcionários públicos. Um deles, um velho sem bigodes e de suíças grisalhas, parecido de rosto com o dramaturgo Ibsen, vinha a ser médico assistente do hospital do lugar; outro, também velho, apresentou-se como oficial do Estado-maior do exército cossaco de Orenburg. Desde as primeiras palavras, esse oficial deu-me a impressão de ser excelente pessoa e um grande patriota. É dócil e bonachão, mas, quando fala de política, perde as estribeiras e com autêntico *pathos* põe-se a decantar o poderio da Rússia e a desdenhar dos alemães e dos ingleses, que ele nunca viu na vida. Contam a seu respeito que, vindo por mar a Sacalina, quis comprar em Singapura um lenço de seda para sua mulher e propuseram-lhe trocar moeda russa por dólar, então ele se deu por ofendido e disse: "Só me faltava ter de trocar nossa santa moeda por esse troço etíope!". E o lenço não foi comprado.

No almoço serviram sopa, frango e sorvete. Havia vinho também.

— Quando, mais ou menos, cai a última neve por aqui? — perguntei.

— Em maio — respondeu L.

— Mentira, em junho — disse o médico parecido com Ibsen.

— Conheço um colono — disse L. — cuja colheita de trigo da Califórnia rendeu 22 vezes mais.

Nova objeção da parte do médico:

— Mentira. Nada rende em Sacalina. Uma terra maldita!

— Queira desculpar — disse um dos funcionários —, em 82 a colheita do trigo rendeu quarenta vezes. Tenho certeza disso.

— Não acredite — disse-me o médico. — Estão querendo embromá-lo.

Durante o almoço, foi narrada a seguinte lenda: quando os russos ocuparam a ilha e começaram a maltratar os *guiliaki*, um

de seus xamãs lançou uma maldição sobre Sacalina, prevendo que dali não tirariam nenhum proveito.
– E assim foi – suspirou o médico. [II]

CAMINHAR

Passear sozinho ou acompanhado, para refletir e ver as coisas com distanciamento.

Dos passeios por Aleksandrovsk e arredores em companhia do funcionário do correio, autor de *Sakhalinó*, guardo uma agradável lembrança. Na maioria das vezes íamos ao farol, erigido no topo de um morro, no promontório Jonkier. De dia, visto de baixo, o farol não passa de uma discreta edícula branca com uma árvore e o farol, que de noite brilha intenso nas trevas, dando a impressão de que a ilha dos forçados contempla o mundo com seu olho vermelho. Desdobrando-se em espiral à volta do morro, o caminho até a edícula é íngreme e ladeado por velhos lariços e pinheiros. Quanto mais para o alto sobe-se, mais livremente respira-se; o mar abre-se diante dos olhos, surgem aos poucos pensamentos que não têm nada a ver com o cárcere, os trabalhos forçados, a colônia dos deportados e, então, compreende-se tão somente o quanto é maçante e difícil viver lá embaixo. Os forçados e os colonos, dia após dia, cumprem suas penas, enquanto os livres, desde de manhã até a noite, não falam de outra coisa a não ser dos que foram açoitados, dos que escaparam, dos que foram presos e serão surrados; e o estranho é que em uma semana a gente se habitua a essas conversas e a esses interesses e, logo depois de acordar, antes de mais nada, vai atrás das ordens publicadas pelo general, o jornal diário do lugar, e daí passa o dia inteiro a ouvir e a falar de quem fugiu, de quem fuzilaram e assim por diante. Mas no alto do morro, à vista do mar e dos belos despenhadeiros, tudo isso se torna extremamente vulgar e sórdido, como é na realidade. [VII]

OLHAR AO REDOR

Durante o percurso, observar com atenção.

Por duas verstas, do cais até o posto de Aleksandrovsk, percorri uma estrada magnífica. Comparada às estradas siberianas, essa estrada limpa, plana, com valetas e iluminação é simplesmente uma maravilha. A seu lado corre a ferrovia. Mas, ao longo do caminho, a natureza surpreende por sua pobreza. No alto, nas montanhas e nos morros que circundam o vale de Aleksandrovsk, cortado pelo Dúika, há tocos queimados ou, eriçados feito agulhas de porco-espinho, troncos de lariços ressecados pelo vento e pelos incêndios, ao passo que embaixo, no vale, há cerros e ervas daninhas, vestígios de um pântano intransitável que ainda agora existia ali. O sulco das valas recém-cavadas expõe em toda a sua pobreza o solo pantanoso e queimado, com uma camada de meio *verchok*[1] de *tchernoziom*. Nem pinheiros, nem carvalhos, nem bordos, apenas lariços esqueléticos, mirrados, corroídos, que aqui não servem, como na Rússia, para embelezar florestas e parques, mas como sinal de um solo palustre e um clima rigoroso.

Posto Aleksandrovsk ou, para abreviar, Aleksandrovsk tem a aparência de uma agradável cidadezinha de tipo siberiano, com cerca de três mil habitantes. Não existe ali nenhuma construção de alvenaria, são todas de madeira, principalmente de lariço: a igreja, as casas, as calçadas. A residência do comandante da ilha é o centro da civilização de Sacalina. A prisão fica próxima à rua principal, mas exteriormente pouco se diferencia de uma caserna militar, e por isso Aleksandrovsk não tem aquele sombrio aspecto carcerário, que eu esperava encontrar. [II]

---

1. Antiga medida russa correspondente a 4,4 cm. (N. do T.)

FAZER EXCURSÕES

Viajar a pé, acompanhado, seguindo percursos fora de mão.

Em 27 de agosto chegaram a Derbínskoie o general Kononóvitch, o comandante do distrito de Týmovo, A. M. Butakov, e mais um funcionário, um jovem: todos eles cultos e interessantes. Fizemos, os quatro, um pequeno passeio que, no entanto, do princípio ao fim, foi repleto de tantos inconvenientes, que resultou não em um passeio, mas numa espécie de paródia de expedição. Para começar, chovia a cântaros. Havia lama, estava escorregadio; qualquer coisa a que a pessoa se agarrasse estava encharcada. Da nuca molhada a água escorria pelo pescoço, as botas estavam frias e úmidas. Acender um cigarro era tarefa árdua e complicada, que devia ser executada em conjunto. Nos arredores de Derbínskoie tomamos um barco e descemos o Tym. [...] A correnteza do rio era forte, os quatro remadores e o timoneiro trabalhavam em sincronia; graças à velocidade e aos freqüentes meandros do rio, a vista diante de nossos olhos mudava a todo instante. Descíamos um rio de montanha e de taiga, mas eu teria trocado de bom grado toda aquela beleza selvagem, as margens verdejantes, as ribanceiras e as figuras imóveis de solitários pescadores por um quarto aquecido e um calçado seco, tanto mais que as paisagens eram uniformes, não constituíam novidade para mim e, principalmente, estavam cobertas por uma neblina cinzenta de chuva. À frente, na proa, estava sentado A. M. Butakov com um fuzil, atirando nos patos selvagens que assustávamos com o nosso aparecimento.

[...] Logo depois disso, sentiu-se um cheiro forte de peixe podre. Estávamos aproximando-nos de Usk-vo, uma pequena aldeia *guiliak*, que tinha dado nome à atual Úskovo. Na margem, os *guiliaki*, acompanhados por suas mulheres, filhos e cachorros de rabo cortado, vieram ao nosso encontro, mas não notamos aquele espanto que outrora o falecido Poliakov tinha suscitado com sua chegada. Até mesmo as crianças e os cachorros olhavam-nos com indiferença. [...]

Após ter descansado, lá pelas cinco horas da tarde, voltamos a pé a Voskressiénskoie. A distância não é grande, seis verstas ao todo, mas a falta de hábito de caminhar através da taiga fez-me sentir cansado não muito depois da primeira versta. Como antes, chovia a cântaros. Logo à saída de Úskovo tivemos de enfrentar um riacho de uma braça de largura, cujas margens eram atravessadas por três troncos finos e tortos, jogados ali; todos conseguiram passar, mas eu dei um passo em falso e encharquei uma bota. À nossa frente estendia-se em linha reta uma longa clareira, desbastada para a construção de uma estrada; não havia literalmente nem uma braça de caminho por onde se pudesse andar sem perder o equilíbrio e sem tropeçar. Cerros, poças, arbustos ou raízes espinhentas feito arame farpado, nos quais se tropeça como ao atravessar uma soleira, e, sobretudo, coisa das mais desagradáveis, galhos quebrados e pilhas de árvores abatidas para abrir a estrada ocultam-se traiçoeiramente embaixo da água. Você supera uma pilha, suando em bicas, continua a atravessar o charco, e eis que surge outra pilha, que você não evita e torna a escalar, enquanto os companheiros de viagem gritam que não é para ir por aí, é preciso tomar à esquerda ou à direita da pilha, e assim por diante. De início eu tratava só de uma coisa: não encharcar a outra bota, mas depois desisti e abandonei-me ao curso dos acontecimentos. Ouve-se a respiração pesada dos três deportados, que se arrastam atrás de nós, carregando as nossas coisas... O mormaço aflige, a canseira, a sede... Andamos sem boné: assim é mais fácil.

Ofegante, o general senta-se num tronco grosso. Sentamo-nos também. Oferecemos cigarros aos deportados, que não ousam se sentar.

– Ufa! Que dureza!
– Quantas verstas ainda faltam até Voskressiénskoie?
– Devem faltar umas três.

[...] No meio do caminho começou a escurecer e logo fomos envolvidos por verdadeiras trevas. Eu já tinha perdido a esperança de que esse passeio pudesse terminar e andava às cegas, chafurdando até os joelhos na água e tropeçando nos troncos. Ao meu redor e dos meus companheiros de viagem, por toda parte, fogos-fátuos faiscavam ou definhavam imóveis; a fosforescência iluminava poças inteiras e enormes árvores apodrecidas, e as minhas botas estavam cobertas de pontos reluzentes como pirilampos juninos. No entanto, graças a Deus, ao longe começou a brilhar um fogo, não daquele fosforescente, mas verdadeiro. Alguém nos chamou, respondemos; apareceu um vigia com uma lanterna; caminhando a passos largos pelas poças, nas quais se refletia a lanterna, ele nos conduziu até seu posto, atravessando todo o Voskressiénskoie, que naquela escuridão mal se via[2]. Meus companheiros de viagem tinham trazido uma muda de roupas secas e, logo que chegaram à casa do vigia, trataram de vesti-las; eu, por minha vez, nada tinha trazido, embora estivesse literalmente encharcado. Tomamos bastante chá, conversamos e fomos dormir. Havia apenas uma cama na casa do vigia, que foi ocupada pelo general, enquanto nós, simples mortais, deitamos no chão, em cima do feno. [IX]

FAZER-SE ACOMPANHAR

Aceitar a ajuda de quem pode servir de mediador, principalmente quando faltam a força ou a possibilidade de fazê-lo por si mesmo.

Tinha me batido um cansaço ou uma preguiça, e no sul já não trabalhava com tanto afinco quanto no norte. Passava quase sempre dias inteiros em passeios e piqueniques, e já não tinha mais vontade de percorrer as isbás; quando me faziam a gentileza de oferecer

---

2. Para percorrer seis verstas de Úskovo a Voskressiénskoie levamos três horas. Se o leitor imaginar um pedestre, carregado de farinha, carne salgada ou de provisões do Estado, ou um doente, que precise ir de Úskovo até o hospital de Rykóvskoie, poderá entender perfeitamente o que significam em Sacalina as palavras: "Não existe estrada". Não é possível viajar nem montado, nem sobre rodas. Houve casos em que tentaram fazer o percurso a cavalo, mas os animais quebraram as pernas.

ajuda, não recusava. Na primeira vez fui até o mar de Okhotsk e voltei em companhia do sr. Biéli, que manifestara o desejo de mostrar-me o seu distrito; e, quando eu fazia o recenseamento, era sempre escoltado por N. N. Iártsev, o guarda do povoado[3]. [XIII]

As portas de todos os edifícios (da prisão de Aleksandrovsk) estão escancaradas. Entro numa delas. Um corredor pequeno. À direita e à esquerda, portas que dão para as celas coletivas. Em cima das portas há tabuletas pretas com a inscrição em branco: "Caserna nº tal. Conteúdo cúbico de ar tanto. Detentos tantos". No fundo do corredor também há uma porta, que dá para um cubículo minúsculo: ali, dois políticos, de coletes desabotoados e sapatos sem meias, sacodem apressadamente um enxergão de palha; no peitoril há um livrinho e um pedaço de pão preto. O comandante do distrito, que me acompanhava, explica-me que aqueles dois detentos tinham permissão para viver fora da prisão, mas que eles, não querendo se diferenciar dos demais forçados, não faziam uso dela. [V]

DESENVOLVER ATIVIDADES PRÁTICAS

Fazer alguma coisa como passatempo ou, se houver oportunidade, executar um trabalho conhecido pode ajudar na observação.

---

3. Em setembro e outubro, salvo nos dias em que soprava o vento nordeste, fazia um tempo magnífico, estival. Durante a viagem, o sr. B. queixava-se para mim da grande saudade que sentia da Ucrânia, confessando que não queria outra coisa naquele momento a não ser olhar uma cereja ainda pendurada no pé. Quando pernoitávamos nos postos de vigia, ele levantava bem cedo; acordava-se ao amanhecer, e lá estava ele à janela, recitando a meia-voz: "A luz branca incendeia a capital, a jovem esposa dorme profundamente...". E também o sr. Ia. recitava poesia de memória. Se acontecia de você se aborrecer durante a viagem, era só pedir-lhe que declamasse qualquer coisa e ele declamava com sentimento um poema longo, ou até mesmo dois.

O *Baikal* devia descarregar mais de quatro mil arrobas de carga do Estado e por isso permanecemos em De Castries para o pernoite. Para passar o tempo, eu e um mecânico fomos pescar no convés e fisgamos tourinhas bem graúdas e cabeçudas, que nunca me aconteceu pegar iguais nem no mar Negro, nem no mar de Azov. Pescamos até um linguado.

Aqui a descarga dos vapores é sempre fastidiosamente demorada, movida a irritação e altercações. [...] Lá do convés do *Baikal* vi um rebocador, que puxava uma enorme barcaça com cerca de duzentos soldados, perder o cabo do reboque; a barcaça foi impelida para o ancoradouro pela correnteza, indo de encontro à amarra de um veleiro que se achava pouco distante de nós. Com o coração na mão, esperávamos que de um momento para outro a barcaça fosse cortada em duas pela amarra, mas, felizmente, pessoas de bem agarraram o cabo a tempo e os soldados safaram-se com um susto apenas. [1]

Dali a pouco recebo os pacientes do ambulatório. Recente, o consultório fica ao lado da farmácia; cheira a madeira nova e verniz. A mesa do médico é circundada por uma grade de madeira, como nos escritórios bancários, de modo que o paciente não se aproxima muito do doutor, que, por sua vez, examina-o de longe. A mesa ao lado daquela do médico é ocupada por um estudante enfermeiro que brinca em silêncio com o lápis e parece estar assistindo a um exame. À porta do consultório fica um vigia armado de revólver, no vaivém de homens e mulheres. Essa situação inusitada deixa os pacientes embaraçados e acho que um sifilítico ou uma mulher jamais se decidirá a falar da própria enfermidade na presença desse vigia e das outras pessoas. Os doentes não são muitos. Trata-se na maioria das vezes de *febris sachaliniensis*, ou eczemas, ou "dor no peito", ou de gente que finge; os pacientes forçados pedem insistentemente para serem dispensados do trabalho. Trazem um menino com um furúnculo no pescoço. É preciso fazer uma incisão. Peço um bisturi. O enfermeiro e dois mujiques erguem-se de um salto e correm para algum lugar, voltando logo em seguida com o bisturi. O instrumento está cego, mas garantem-me que é impossível, visto ter sido afiado recentemente por um serralheiro. De novo, o enfermeiro e os dois mujiques erguem-se de um salto e dois ou três minutos depois voltam com outro bisturi. Começo a fazer a incisão, mas este também está cego. Peço solução de ácido fênico; atendem ao pedido, mas sem pressa; pelo visto, esse líquido não é usado com muita freqüência por aqui. Não há bacia, nem chumaços de algodão, nem tesouras decentes e nem sequer água em quantidade suficiente. [XXIII]

PARTICIPAR DE FESTAS

Observar preparativos, rituais e participantes; apreender a ambiência.

[...] em Sacalina preparavam-se para receber o governador-geral e todos estavam ocupados.

[...] Ao acordar de manhã, os ruídos mais disparatados lembravam-me de onde estava. Pela rua, diante das janelas abertas, sem pressa, com um tinido cadenciado, prisioneiros arrastavam seus grilhões; no quartel em frente aos nossos apartamentos, os soldados da banda ensaiavam suas marchas, para a visita do governador-geral, e a flauta executava uma melodia, o trombone outra, o fagote uma terceira e o resultado era um caos indescritível.

[...] Estão construindo a toque de caixa uma ponte sobre o Dúika, erigem arcos, limpam, pintam, varrem, marcham. Pelas ruas disparam tróicas e parelhas com seus guizos: são os cavalos que estão preparando para o governador-geral. Tamanha é a pressa, que trabalham até nos dias de festa.

[...] O governador-geral, barão A. N. Korf, natural da região do Amur, chegou a Sacalina em 19 de julho, a bordo do navio de guerra *Bobr*. Na praça, entre a casa do comandante da ilha e a igreja, ele foi recebido pela guarda de honra, pelos funcionários e por uma multidão de deportados e forçados. Executavam aquela mesma música a que me referi acima. Um velho bem apessoado, de sobrenome Potiómkin, um ex-forçado enriquecido em Sacalina, ofereceu-lhe o pão e o sal[4] numa salva de prata produzida ali mesmo. Estava na praça também o meu senhorio-médico, de fraque preto e quepe, com um requerimento em mãos. Via pela primeira vez a multidão de Sacalina e não me escapou uma deplorável peculiaridade: era composta de homens e mulheres em idade de trabalho, havia velhos e crianças, mas faltavam jovens. A idade entre os treze e os vinte anos parecia não existir em Sacalina. E, espontaneamente, veio-me a pergunta: será que isso não significa que a juventude, ao crescer, abandona a ilha na primeira oportunidade?

Logo no dia seguinte a sua chegada, o governador-geral inspecionou as prisões e os alojamentos dos detentos. Em todo lugar os confinados, que o tinham esperado com tanta impaciência, apresentavam-lhe requerimentos ou faziam seus pedidos de viva voz. Falavam cada um por si ou alguém por todo o povoado e, visto que a arte da oratória prospera em Sacalina, também não faltaram os discursos; em Derbínskoie, ao discursar, o degredado Máslov referiu-se algumas vezes ao comando como "mui benevolente governo". Infelizmente, bem poucos dos que se dirigiram ao barão A. N. Korf pediram o que deviam pedir. Aqui, como na Rússia, em semelhantes casos, manifestava-se a lamentável ignorância camponesa: não pediam escolas, justiça, salários e, sim, muitas bobagens: um queria uma subvenção do Estado, outro a adoção de uma criança – em suma, faziam pedidos que poderiam ser atendidos pelo próprio comando local. A. N. Korf acolhia as solicitações que lhe eram feitas com toda atenção e benevolência; profundamente tocado pela situação miserável de todos, ele fazia promessas e suscitava esperanças de uma vida melhor[5]. Quando em Arkov o auxiliar de vigia dos cárceres informou: "Na aldeia de

---

4. Antigo costume russo que fazia parte do ritual de hospitalidade. (N. do T.)
5. E até mesmo esperanças irrealizáveis. Numa aldeia, referindo-se ao fato de que agora os camponeses deportados já têm o direito de transferir-se dali para o continente, afirmou: "E depois disso podem até voltar para a terra natal, na Rússia".

Arkov tudo está correndo bem", o barão apontou-lhe os plantios do inverno e da primavera e disse: "Tudo está correndo bem, só que em Arkov não há pão". Na prisão de Aleksandrovsk, quando de sua visita, os detentos foram alimentados com carne fresca e ainda por cima de cervo; ele percorreu todas as celas, recebeu requerimentos e mandou tirar os grilhões de muitos deles.
[...] À noite havia iluminação. Pelas ruas, iluminadas por lanternas e fogos de bengala, passeavam até altas horas da noite bandos de soldados, colonos e forçados. A prisão estava aberta. O rio Dúika, sempre miserável, imundo, com as margens nuas, agora ornamentado de ambos os lados por lanternas multicoloridas e fogos de bengala, que se refletiam nele, dessa vez estava bonito, até mesmo solene, mas também um tanto ridículo, como a filha de uma cozinheira a quem fizeram experimentar o vestido de uma senhorita. No jardim do general tocavam música e cantavam canções. Chegaram até a disparar tiros de um canhão, que rebentou. E mesmo assim, a despeito de tanta alegria, as ruas continuavam enfadonhas. Nem uma canção, uma sanfona, nem um bêbado; as pessoas vagavam como sombras, caladas como sombras. Os trabalhos forçados, mesmo à luz dos fogos, continuam a ser o que são, e a música, quando ouvida de longe por alguém que jamais voltará à terra natal, só desperta uma saudade mortal. [II]

ASSISTIR A UM CASAMENTO

Observar as vestimentas, idades, rituais, conversas, papéis sociais; adivinhar sentimentos.

Uma tarde, durante minha estada em Aleksandrovsk, veio ter comigo o sacerdote local, padre Egor, e, depois de papear um pouco, foi à igreja celebrar um casamento. E eu fui junto. Na igreja já estavam acendendo o candelabro e, no coro, os cantores esperavam pelos noivos, com a indiferença estampada nos rostos. Havia muitas mulheres, deportadas e livres, que lançavam olhares impacientes para a porta. Ouviam-se cochichos. De repente, junto à porta, alguém fez um aceno com a mão e sussurrou agitado: "Estão vindo!". Os cantores começaram a pigarrear. Uma multidão precipitou-se para a porta, alguém deu um grito severo e, finalmente, entraram os noivos: um forçado-tipógrafo, de 25 anos de idade, vestindo paletó e colarinhos engomados, com as pontas reviradas, e a gravata branca; a mulher, uma forçada três ou quatro anos mais velha que ele, usava um vestido azul com rendas brancas e uma flor na cabeça. Tinham estendido um pano sobre o tapete; o noivo foi o primeiro a pisá-lo. Os padrinhos, também tipógrafos, estavam de gravata branca. Padre Egor desceu do altar, folheou demoradamente um livro sobre o facistol e entoou: "Deus seja louvado..." e teve início a cerimônia. Quando o sacerdote pousou as coroas na cabeça do noivo e da noiva e rogou a Deus que os coroasse com glória e honra, podia-se ler nos rostos das mulheres presentes comoção e alegria, e pareciam ter esquecido que a cerimônia era celebrada na igreja de uma prisão, nos trabalhos forçados, bem longe da terra natal. O sacerdote dizia ao noivo: "Levanta-te, marido, qual Abraão...". Quando a igreja esvaziou-se depois do casamento e ainda recendia o cheiro das velas que o guarda tratou rapidamente de apagar, tudo ficou triste. Saíram para o átrio. Chovia. Perto da igreja, na escuridão, muita gente, duas carruagens: os recém-casados numa, os padrinhos noutra.

– Paizinho, por obséquio! – vozes ressoam e, do escuro, dezenas de mãos estendem-se na direção do padre Egor, como se quisessem agarrá-lo. – Por obséquio! Dê-nos a honra!

Padre Egor foi acomodado numa das carruagens e conduzido à casa dos noivos. [XIX]

VISITAR OS CEMITÉRIOS

Observar túmulos e cruzes; anotar as inscrições; assistir a um enterro.

No cemitério de Aleksandrovsk notei uma cruz escura, com a imagem de Nossa Senhora e a inscrição: "Aqui jaz a moça Afimia Kurnikova, falecida em 21 de maio de 1888, aos dezoito anos de idade. Esta cruz foi posta como lembrança da partida de seus pais para o continente, em junho de 1889". [xv]

O cemitério ficava cerca de uma versta da igreja, atrás do povoado, no topo de um morro íngreme junto ao mar. Enquanto subíamos o morro, o cortejo fúnebre vinha aproximando-se de nós: evidentemente a encomendação não tinha durado mais do que dois ou três minutos. Do alto podíamos ver o caixão sacolejar sobre a padiola, e o menino, que era conduzido pela mulher, atrasava o passo, puxando-a pela mão.

De um lado havia uma ampla vista para o posto e seus arredores e, do outro, o mar calmo, resplandecente de sol. No morro há muitos túmulos e muitas cruzes. Uma ao lado da outra, duas cruzes altas: são os túmulos de Mitsul e do guarda Selivánov, morto por um detento. Pequenas cruzes estão fincadas nos túmulos dos forçados, todas iguais e todas mudas. Mitsul ainda será lembrado por algum tempo, mas todos aqueles que jazem sob as pequenas cruzes, os assassinos, os fugitivos, os que arrastaram seus grilhões, ninguém sentirá necessidade de lembrar. [...] A cruz, onde está sepultado um enfermeiro deportado, traz os versos: "Viajante! Que possa este verso te lembrar: 'Mais de hora nada na terra há de durar...' ". E no final: "Adeus, amigo, até o jubiloso dia!" (E. Fiódorov). [xix]

MUDAR DE LUGAR

Para vencer o cansaço da pesquisa, deslocar-se para outra parte.

No dia 10 de setembro, encontrava-me novamente no *Baikal*, já conhecido do leitor, dessa vez para uma viagem a Sacalina do Sul. Partia com todo o prazer, pois já tinha me cansado do Norte e ansiava por novas impressões. O *Baikal* levantou âncora às dez da noite. Estava muito escuro. Permaneci sozinho na popa e, olhando para trás, despedi-me daquele pequeno mundo tão sombrio, protegido do mar pelos Três Irmãos, que no momento mal delineavam-se no céu e, na escuridão, pareciam três monges pretos; apesar do barulho do vapor, podia ouvir as ondas rebentarem nesses recifes. Mas logo o Jonkier e os Irmãos ficaram para trás e mergulharam nas trevas, no que me diz respeito, para sempre; o barulho da rebentação, no qual se percebia uma tristeza impotente, rancorosa, foi sumindo aos poucos... Tínhamos navegado cerca de oito verstas, quando luzes começaram a brilhar na costa; era a terrível prisão de Voevodsk; em seguida apareceram as luzes de Due. Mas logo tudo isso também desapareceu e restou apenas a escuridão e um sentimento lúgubre, como o que acompanha um horrendo pesadelo. [XII]

OBSERVAR

REALIZAR VISTORIAS

Visitar um lugar em hora apropriada para ver como normalmente funciona.

Estive ali às cinco horas da manhã, quando os colonos tinham acabado de levantar. Que fedor, que escuridão, que amontoamento! Cabeças desgrenhadas, como se essas pessoas tivessem passado a noite inteira a brigar, rostos de um cinzento amarelado e, entre o sono e a vigília, expressões características dos enfermos ou dos loucos. Vê-se que dormiram com roupas e botas, apertados uns contra os outros, uns em cima da tarimba, outros embaixo dela, diretamente no imundo chão de terra. Segundo as palavras do médico, que me acompanhava naquela manhã, havia ali uma braça cúbica de ar para cada três ou quatro pessoas. Além disso, era justamente o período em que se esperava o cólera em Sacalina e a quarentena fora decretada.

Naquela mesma manhã, estive na prisão de Voevodsk. Foi construída na década de 70, e para formar o espaço que ela ocupa atualmente foi necessário aplanar 480 braças quadradas de terreno acidentado. Hoje em dia, dentre todas as prisões de Sacalina, é a mais sórdida, a que saiu perfeitamente incólume das reformas, tanto que pode servir de fiel ilustração para as descrições dos antigos procedimentos e das antigas prisões, que outrora, só de ver, provocavam repulsa e medo. A prisão de Voevodsk é formada por três edifícios principais e por um menor, onde se encontram as solitárias. Naturalmente, não é o caso de falar em capacidade cúbica de ar e ventilações. Quando entrei na prisão, estavam acabando de lavar o chão, e o ar úmido, pestilento, ainda não se dispersara depois da noite e era pesado. Os pisos estavam molhados e a visão deles era desagradável. A primeira coisa que ouvi ali foram queixas a propósito dos percevejos. Percevejos tornam impossível a vida. Antes eram exterminados com cal clorada, morriam congelados nos períodos de frio intenso, mas atualmente nem isso ajuda. Nos alojamentos, onde moram os carcereiros, há um forte cheiro de latrina e de ácido, e também ali reclamam dos percevejos. [VIII]

PRESTAR ATENÇÃO NOS BOATOS

Dar ouvidos aos mexericos e verificar se procedem; explicar por que os falsos boatos são tidos como verdadeiros.

Sem contar o conselheiro distrital, que em Sacalina cumpre a função de agrimensor, por que os proprietários em situação de liberdade e os camponeses ex-deportados não se vão para o continente, visto que têm esse direito? Dizem que mantêm-se em Slobodka em virtude dos sucessos da economia local, mas isso certamente não diz respeito a todos. De fato, os pastos e a terra cultivável de Slobodka não constituem usufruto de todos os proprietários, mas só de alguns. Apenas oito proprietários possuem pastos e rebanhos, 12 cultivam a terra, e, em todo caso, aqui as dimensões da economia rural não são tão significativas que possam explicar por si só as boas condições econômicas. Não há entradas de fora, não se praticam ofícios, e somente L., um ex-oficial, tem uma vendinha. Dados oficiais que expliquem por que os habitantes de Slobodka são ricos também não há e, portanto, para resolver o mistério torna-se necessário recorrer, ainda que a contragosto, à única fonte disponível nesse caso: a má fama. Antigamente em Slobodka praticava-se em larga escala o comércio clandestino de álcool. Em Sacalina a venda de álcool é terminantemente proibida, e isso tinha dado origem a uma forma particular de contrabando. O álcool era transportado em latas com o formato de pão de açúcar, em samovares e até mesmo em tigelas, mas na maioria das vezes vinha simplesmente em barris ou em vasilhames comuns, pois as pequenas autoridades eram corruptíveis e seus superiores fingiam não ver. [IV]

Dizem que em Sacalina o próprio clima predispõe as mulheres à gravidez; mulheres idosas dão à luz, mesmo aquelas que na Rússia eram estéreis e já tinham perdido a esperança de ter filhos. As mulheres parecem ter pressa para povoar Sacalina e freqüentemente põem gêmeos no mundo. Uma parturiente de Vladímirovka, mulher de certa idade, com uma filha já adulta, de tanto ouvir conversas sobre gêmeos, esperava também que lhe nascesse um par de filhos, e ficou muito desgostosa quando nasceu apenas um. "Tente de novo" – sugeriu-lhe a parteira. Mas o parto de gêmeos não é mais freqüente aqui do que na Rússia. Em dez anos, até 1º de janeiro de 1890, tinham nascido na colônia 2.275 crianças de ambos os sexos, e dos assim chamados partos múltiplos houve apenas 26[1].

Todos esses rumores exagerados a propósito da excessiva fertilidade das mulheres, dos partos de gêmeos e assim por diante demonstram o grande interesse que os deportados têm pela natalidade e a grande importância de que ela desfruta aqui. [XVII]

CURIOSIDADE PELOS GRAFITOS

Perguntar-se por que escrevem nos bancos e nas paredes.

Dizem que ao longo do caminho que leva ao farol antes havia bancos, mas que precisavam ser limpos constantemente, por-

---

1. Esses números, recolhidos por mim nos registros paroquiais de nascimentos, referem-se apenas à população de religião ortodoxa.

que forçados e colonos, durante seus passeios, escreviam neles e gravavam à faca injúrias sórdidas e todo tipo de obscenidades. São muitos os apreciadores da assim chamada literatura obscena, mesmo em liberdade, mas nos trabalhos forçados o cinismo ultrapassa todos os limites e não pode ser comparado. Aqui, não só os bancos e os muros dos quintais, mas até as cartas de amor são repugnantes. É digno de nota que um homem possa escrever e gravar num banco um monte de porcarias, sentindo-se ao mesmo tempo perdido, abandonado e profundamente infeliz. Um deles já é um velho e diz que o mundo não lhe interessa mais e está na hora de morrer; tem um reumatismo terrível e seus olhos mal enxergam, mas com que avidez ele solta ininterruptamente uma enxurrada de palavrões de cocheiro, recorrendo a xingamentos obscenos e rebuscados, como um exorcismo contra a febre. E se souber escrever então, até na solitária ele terá dificuldade de reprimir o ímpeto e resistir à tentação de rabiscar na parede, mesmo com a unha, alguma palavra proibida. [VII]

OBSERVAR OS SINAIS DE DIFERENÇA SOCIAL

Formas de tratamento, tirar o chapéu, subdivisão dos espaços, detalhes da roupa, sinais físicos.

Os carcereiros, durante seus turnos na prisão, permitem que os detentos joguem baralho e eles também participam do jogo; embriagam-se na presença dos deportados, vendem bebida. [...] A população carcerária não lhes tem apreço e mantém com eles uma relação de desdenhosa negligência. São chamados descaradamente "torradeiros" e tratados por "tu". A administração não se preocupa em aumentar o prestígio deles, provavelmente porque semelhante intenção daria em nada. O carcereiro é tratado por "tu" e repreendido pelos funcionários, a despeito da presença de forçados. [...] Os carcereiros de grau superior, como que envergonhados de seu dever, tentam de algum modo diferenciar-se da massa de seus companheiros; um traz nos ombros insígnias mais graúdas; outro, um cocar de oficial; um terceiro, que é registrador colegial[2], define-se nos documentos não como carcereiro, mas como "responsável pelo trabalho e pelos trabalhadores". [xx]

Durante minha estada, em Aleksandrovsk, por exemplo, quando havia missa, a metade dianteira da igreja era tomada pelos funcionários e suas famílias; depois vinham fileiras multicoloridas de mulheres de soldados e carcereiros, e de mulheres livres com os filhos, depois os carcereiros e os soldados e, por fim, atrás de todos, junto às paredes, os colonos com roupas domingueiras e os deportados-escriturários. Poderia, se assim o quisesse, um forçado de cabeça raspada, com um ou dois ases nas costas, acorrentado ou preso à carriola, entrar na igreja? Um dos sacerdotes a quem fiz esta pergunta respondeu-me: "Não sei". [xix]

Em Sacalina, os livres não tiram o chapéu para entrar nas casernas. Tal cortesia é obrigatória somente para os deportados. [v]

Assim, em comparação com o Norte, aqui recorre-se mais amiúde aos castigos físicos e chegam a açoitar até cinqüenta homens por vez, e somente no Sul sobreviveu o péssimo hábito – instituído há muito por um coronel cujo nome já caiu no esquecimento – segundo o qual você, cidadão livre, ao deparar na rua ou ao longo da costa com um grupo de detentos, deve poder ouvir a cinqüenta passos de distância o guarda gritar "Se-e-entido! Tirar o gorro!". E passam ao seu lado homens soturnos, a cabeça descoberta, que olham de esguelha para você, como se estivesse prestes a desferir-lhes bengaladas, como o sr. Z. e o sr. N., no caso de terem tirado o gorro a vinte ou trinta passos, e não a cinqüenta. [xii]

---

2. Denominação de repartições ligadas a órgãos do governo central na Rússia do século XVIII. (N. do T.)

REPARAR NA TOPONÍMIA

Prestar atenção no significado dos nomes de lugares e vias.

Em Sacalina costuma-se dar às ruas o nome de funcionários ainda vivos. [IV]

Depois de Aleksandrovsk, subindo o Dúika, vem o povoado de Kórsakov. Fundado em 1881, recebeu esse nome em homenagem a M. S. Kórsakov, antigo governador geral da Sibéria Oriental. É interessante como em Sacalina dão nomes aos lugarejos em homenagem a governadores siberianos, carcereiros e até enfermeiros, mas esquecem completamente os exploradores como Nevelskói, o marinheiro Kórsakov, Bochniak, Poliakov e muitos outros, cuja memória, suponho, merece mais respeito e atenção do que qualquer carcereiro Diérbin, assassinado por sua crueldade[3]. [VII]

Os próprios colonos chamam sua aldeia de "Varsóvia", pois ali há muitos católicos. [XIII]

OBSERVAR OS SINAIS DO PASSADO

Perguntar-se se o aspecto dos edifícios, a mobília das casas e as conversas das pessoas mantêm a lembrança do passado, e de que modo.

---

3. São duas as pessoas que mais fizeram pela colônia de deportados, demonstrando-lhe um profundo senso de responsabilidade: M. S. Mitsul e M. N. Gálkin-Vráski. Em honra ao primeiro, recebeu seu nome um pequeno povoado de dez casas, miserável e carente, e, em honra ao segundo, um povoado que já possuía a antiga e arraigada denominação de Siiantsy, por isso só em documentos, e não em todos, aparece como Gálkino-Vráskoie. No entanto, em Sacalina o nome de M. S. Kórsakov foi dado a uma aldeia e a um posto, não por méritos pessoais ou crueldade, mas só porque era o governador geral e podia incutir medo.

Na isbá há um só cômodo, com fogão russo. Os pavimentos são de madeira. Uma mesa, dois ou três tamboretes, um banco, o enxergão em cima de uma cama, ou diretamente no chão. Ou então não há nenhum móvel e somente um acolchoado de penas estendido no meio do quarto, no qual se vê que alguém acabou de dormir; na janela, uma tigela com restos de comida. Pela mobília não parece uma isbá, nem um quarto, parece mais uma solitária. Onde há mulheres e crianças, bem ou mal, há uma aparência de casa e de família camponesa, no entanto aqui também sente-se falta de algo importante. Não há os avós, não há os velhos retratos e os móveis de família, portanto a casa é desprovida de passado, de tradição. Não há um canto para os ícones, ou é muito pobre e obscuro, sem lâmpada e sem enfeites; não há costumes; a mobília tem um caráter circunstancial e parece que a família não mora em sua própria casa, mas num alojamento alugado, ou então que é recém-chegada e ainda não teve tempo de se instalar; não há gatos, nas noites de inverno não se ouve um grilo... e, o mais importante, não há terra natal. [III]

Quando você pergunta a qualquer velho deportado se em sua época viviam na ilha pessoas de bem, ele, após um breve silêncio e como se fizesse um esforço de memória, responde: "Havia de tudo". Em nenhum outro lugar o passado é tão rapidamente esquecido como em Sacalina, devido justamente à extraordinária mobilidade da população dos deportados que muda de modo radical a cada cinco anos e, em parte, também por não haver nos escritórios arquivos bem organizados. O que aconteceu há vinte, 25 anos é considerado passado remoto, já esquecido, perdido para a história. Salvaram-se apenas alguns edifícios, sobreviveram Mikriúkov, duas dezenas de anedotas, sobraram cifras que não merecem crédito, tanto que nenhuma chancelaria sabia então quantos detentos viviam na ilha, quantos tinham fugido, morrido e assim por diante. [XX]

USAR O OLFATO

Sentir os odores, especificar sua procedência, descrevê-los com palavras de uso comum, estabelecer sua composição química.

Dos trabalhos, executados freqüentemente sob intempéries, o forçado volta à prisão para dormir com as roupas encharcadas e os calçados imundos; não há com que se enxugar; parte das roupas é estendida ao lado das tarimbas, sobre a outra parte, sem deixá-la secar, ele se deita como que num enxergão. Seu *tulup*[4] exala um cheiro de ovelha, os sapatos fedem a couro e alcatrão. Sua roupa de baixo, impregnada de secreções cutâneas, molhada e há muito tempo sem lavar, que se mistura a sacos velhos e trapos fétidos; seus panos para enrolar os pés, que tresandam a um cheiro pestilento de suor; ele próprio, que há muito não toma um banho, cheio de piolhos, que fuma tabaco ordinário e emite constantemente gases intestinais; seu pão, a carne, o peixe salgado que ele sempre põe para secar ali mesmo no cárcere, as migalhas de pão, os ossos, os restos de *chtchi*[5] na marmita; os percevejos que esmaga entre os dedos diretamente na tarimba: tudo isso torna o ar da caserna fétido, acre, bolorento. Ele se impregna de vapores em grande escala, tanto que na época dos frios mais rigorosos, ao amanhecer, as janelas estão cobertas do lado interno por uma camada de gelo e na caserna reina a escuridão; o ácido sulfúrico, o amoníaco e toda sorte de outros compostos misturam-se no ar com os vapores aquosos, produzindo aquele fedor que, para usar as palavras dos carcereiros, "revolta até a alma". [v]

USAR A AUDIÇÃO

Perceber ruídos, sons e vozes de fundo.

Em Due reina a tranqüilidade. Ao retinir cadenciado das correntes, ao marulho da ressaca e ao zunido dos fios do telégrafo, o ou-

---

4. Casaco forrado de pele de carneiro, bastante usado no campo. (N. do T.)
5. Tradicional sopa de repolho. (N. do T.)

vido logo acostuma-se, e são esses sons que acentuam a impressão de um silêncio de morte. A marca da austeridade não se encontra apenas nas pedras miliares. Se alguém na rua caísse na risada, soaria brusco e inusitado. Desde sua fundação, a vida em Due manifestou-se de um jeito que só pode ser representado por sons inexoravelmente perversos, desesperados, e pelo impetuoso vento frio, que nas noites de inverno sopra do mar sobre as fendas, o único a poder cantar livremente. Por isso, causa estranheza ouvir esse silêncio ser de repente quebrado pela cantoria de Skandyba, o esquisitão de Due. Trata-se de um forçado, um velho, que desde o primeiro dia de sua chegada a Sacalina recusou-se a trabalhar, e diante de sua invencível obstinação, puramente animal, todas as medidas coercitivas mostravam-se inúteis; foi posto no escuro, foi açoitado inúmeras vezes, mas suportava estoicamente o castigo e depois de recebê-lo exclamava: "Não adianta que eu não vou trabalhar!". Tentaram de tudo com ele e, por fim, desistiram. Agora perambula por Due e canta. [VIII]

No centro do povoado há uma grande praça, com uma igreja de madeira, e em torno dela não há vendas como nas nossas aldeias, mas edifícios carcerários, repartições públicas e alojamentos para os funcionários. Quando se atravessa a praça, a imaginação nos traz o barulho de uma feira festiva, as vozes dos ciganos de Úskovo que negociam cavalos, o cheiro de alcatrão, esterco e peixe defumado, o mugido das vacas e os acordes estridentes das sanfonas misturados às canções dos bêbados; mas esse quadro idílico vira fumaça quando, de supetão, são ouvidos o ruído insuportável das correntes e os passos surdos dos presos e da escolta, que atravessam a praça rumo à cadeia. [X]

USAR O TATO

Tocar com as mãos.

O pão era realmente horrível. Ao arrancar um pedaço, viam-se brilhar ao sol minúsculas gotas de água; ele grudava nos dedos e tinha o aspecto desagradável de uma massa pegajosa, que dava asco segurar na mão. [XIX]

USAR O PALADAR

Saborear a comida.

À hora do chá servem-me panquecas de farinha de trigo, pastelões de ricota e ovos, filhoses, pães doces. As panquecas são finas, untuosas, e os pães doces, pelo sabor e aparência, lembram os pãezinhos amarelos e porosos que os ucranianos vendem nos mercados de Taganrog e Rostov-sobre-o-Don. [...] Se ao meio-dia pede-se um prato quente, em toda parte só oferecem-lhe "sopa de pato" e mais nada. E a tal sopa é intragável: um líquido turvo, no qual bóiam pedaços de pato selvagem e entranhas não muito limpas. Não é saborosa é dá nojo ver[6].

---

6. Cf. Anton Tchékhov, "Da Sibéria", 9 de maio de 1890.

COLETAR DADOS

CONSULTAR FONTES ESCRITAS

Folhear relatórios, atas oficiais, listas, regulamentos e cartas particulares; deduzir os costumes pelos vetos que os proíbem.

Como foi dito, os de Sacalina passam bem no continente. Folheei suas cartas, embora não tenha tido oportunidade de verificar como vivem em seus novos locais. [xv]

Os bispos fizeram diversas visitas a Sacalina, viajando com a mesma simplicidade e suportando as mesmas vicissitudes e privações que os simples padres. Quando chegavam, quando consagravam as igrejas, benziam os vários edifícios[1] ou visitavam as prisões, dirigiam-se aos deportados com palavras de conforto e esperança. Aspectos dessa prática corretiva podem ser julgados pelo seguinte trecho retirado de uma disposição do monsenhor Gúri, conservado no arquivo da igreja de Kórsakov: "Talvez nem todos [os deportados] tenham fé e estejam arrependidos, mas, em todo caso, pelo que pude constatar pessoalmente, muitos acreditam, porque nada além da própria fé e do senso de arrependimento levava-os a chorar tão amargamente durante os sermões que ali proferi nos anos de 1887 e 1888. A função da prisão, afora a

---

1. Sobre a benção a um farol pelo bispo Martimian Krilónski, cf. "Vladvostok", 28, 1883.

punição do crime, é a de despertar bons sentimentos nos prisioneiros, principalmente para que, na sorte que lhes cabe, não sejam induzidos ao desespero absoluto". [XIX]

As prisões abundam em carcereiros, mas não há ordem, e eles representam apenas um freio permanente para a administração, como foi confirmado pelo próprio comandante da ilha. Em suas ordens do dia, quase sempre são punidos por ele, têm o salário diminuído, são demitidos; um por ser subversivo e indisciplinado, outro por ser imoral, desonesto e incompetente, um terceiro porque rouba as provisões do governo que lhe são confiadas, um quarto por favorecimento; um quinto porque, enviado para vigiar uma balsa, nem sequer tentara estabelecer um mínimo de ordem, mas tinha dado um exemplo pessoal de como roubar nozes; um sexto está sendo processado por venda de machados e pregos de propriedade do Estado; um sétimo foi surpreendido diversas vezes fraudando o gerenciamento da forragem destinada ao rebanho de propriedade do Estado; um oitavo, por acusações de tráficos ilícitos com os detentos. Pelas ordens do dia ficamos sabendo que um carcereiro-chefe, ex-soldado, durante o turno, cismou de entrar num barracão feminino pela janela – não sem antes ter tirado os pregos –, com propósitos de caráter romântico; outro, durante seu turno, tinha deixado um soldado, também da carceragem, entrar à uma da madrugada numa cela individual onde havia mulheres trancafiadas. As aventuras amorosas dos carcereiros não se limitam apenas ao espaço restrito dos barracões femininos e das celas individuais. [...] Podemos ler nas ordens do dia inclusive casos de violência, desobediência e comportamento arrogante por parte dos carcereiros antigos na presença de condenados e, finalmente, de deportados feridos a pauladas na cabeça. [XX]

GUARDAR PAPÉIS, CATÁLOGOS E FOLHETOS

Quando possível, pegar e guardar cuidadosamente documentos escritos, folhetos e propagandas.

Ao meio-dia dei uma volta pelo povoado. Quase na divisa há uma bela casinha, com cerca e tabuleta de latão na porta, e ao lado, no mesmo quintal, uma vendinha. Entrei para comprar algo para comer. A "Firma comercial" e "Armazém de mercadorias comerciais" – é como se chama essa modesta vendinha na tabela de preços escritos à mão ou à máquina e que ainda guardo comigo – pertence ao deportado L., ex-oficial da guarda, julgado por homicídio há cerca de doze anos pelo tribunal distrital de Petersburgo. Cumpriu pena nos trabalhos forçados e agora dedica-se ao comércio, além de desempenhar algumas funções no setor de estradas e em outros, pelas quais recebe a remuneração de carcereiro-chefe. Sua mulher é livre, provém de uma família nobre e trabalha como enfermeira no hospital da prisão. No negócio são vendidos desde estrelinhas para dragonas, *rahat-lucun*[2], serras transversais, foices, a "chapéus femininos de verão, última moda, de excelente confecção por 4,50 a 12 rublos a peça". [II]

Um deportado entregou-me uma espécie de petição com o seguinte cabeçalho: "Confidencial. Coisas do fim de mundo em que vivemos. Ao generoso e benévolo escritor, senhor Tch., que concedeu o prazer de sua visita à indigna ilha de Sacalina. Posto Kórsakov".

Na petição encontrei ainda um poema intitulado "Lutador":

Altiva, ao longo do rio cresce ainda,
No fundo do vale, no lamaçal,
A folhagem bem azul – e tão linda.
Acônito é seu nome medicinal.

Esta raiz do lutador[3],
Plantada pela mão do Criador,
Sempre tenta o povo da terra,
Para o túmulo o leva,
No seio de Abraão o encerra. [XIII]

---

2. Tipo de doce oriental. (N. do T.)
3. Em russo, as palavras "lutador" e "acônito" (*boriets*) são homógrafas e homófonas. (N. do T.)

ESTUDAR O CLIMA

Analisar tabelas meteorológicas, coletar opiniões, relatar a própria experiência, estabelecer comparações entre zonas diferentes; mostrar a influência do clima na vegetação, nas colheitas e no humor.

O prefeito de Vladivostok disse-me certa vez que em sua cidade, assim como em toda a costa oriental, "não vigora qualquer clima"; também dizem não existir clima em Sacalina, que o tempo ali é ruim e essa ilha é o lugar mais chuvoso da Rússia. Não sei quanto há de verdade nisso; quando lá estive, o verão foi muito bom, mas as tabelas meteorológicas e os breves relatórios de outros autores geralmente apresentam um quadro excepcional de intempéries. [...]

A temperatura média anual na circunscrição de Aleksandrovsk é igual a +0,1, ou seja, quase zero, enquanto no distrito de Tcheriépovets é de +2,7. O inverno na circunscrição de Aleksandrovsk é mais rigoroso do que em Arkhánguelsk, a primavera e o verão são como na Finlândia e o outono como em Petersburgo; a temperatura média anual é a mesma das ilhas Soloviétskie, que também é igual a zero. No vale do Dúika observa-se uma camada de gelo eterno sobre o solo. Poliakov encontrou-a no dia 20 de junho, com uma espessura de três quartos de *archin*[4]. Ele mesmo, em 14 de julho, sob montes de lixo e nas baixadas perto das montanhas, encontrou neve que se derreteu somente no final de julho. No dia 24 de julho de 1889, nevou sobre as montanhas, que aqui não são altas, e todos vestiram peliças e *tulup*. A propósito do degelo do Dúika, durante nove anos, foi observado: o mais antecipado ocorreu em 23 de abril e o mais atrasado em 6 de maio. Nesses nove invernos nem sequer uma vez houve degelo. Durante 181 dias por ano faz frio intenso e durante 151 sopra um vento gélido. Tudo isso tem um importante significado prático. No distrito

---

4. Medida russa equivalente a 0,71 cm, em vigor antes da introdução do sistema métrico decimal. (N. do T.)

de Tcheriépovets, onde o verão é mais quente e longo, segundo Tchernov, não conseguem amadurecer bem o trigo sarraceno, os pepinos e o trigo, e na circunscrição de Aleksandrovsk, segundo testemunho do inspetor agrícola local, em nenhum ano houve calor suficiente para o pleno amadurecimento da aveia e do trigo. Maior atenção da parte de agrônomos e sanitaristas merece a extraordinária umidade dessas zonas. Durante o ano há em média 189 dias com precipitações: 107 com neve e 82 com chuva (no distrito de Tcheriépovets são 81 dias com chuva e 82 com neve). O céu passa semanas inteiras carregado de nuvens plúmbeas, e esse tempo deprimente, que se prolonga por dias a fio, parece interminável para os habitantes. Um tempo desses predispõe a pensamentos depressivos e ao abjeto vício da bebida. Talvez sob sua influência, muitas pessoas frias tenham se tornado cruéis e outras boas e fracas de espírito; sem ver o sol durante semanas e até mesmo meses, tenham perdido para sempre a esperança de uma vida melhor. [...] Os nevoeiros aqui são um fenômeno bastante freqüente, sobretudo no mar, onde representam para os marinheiros uma verdadeira calamidade; as névoas salgadas do mar, pelo que dizem, exercem uma influência perniciosa sobre a vegetação litorânea, tanto sobre as árvores como sobre os prados. [...] Certa vez, num dia claro e ensolarado, vi avançar do mar uma parede de nevoeiro branco, bem da cor do leite; parecia que uma cortina branca tinha descido do céu sobre a terra. [VII]

FAZER UM RECENSEAMENTO

Na falta de fontes confiáveis, fazer um recenseamento é útil, não tanto pelos dados estatísticos que pode oferecer, mas por permitir entrar nas casas e encontrar gente.

Para visitar na medida do possível todos os lugares habitados e conhecer mais de perto a vida da maior parte dos deportados, recorri a um procedimento que na minha situação pareceu-me ser o único. Fiz um recenseamento. Nos povoados em que estive, percorri todas as isbás e tomei nota dos donos de casa, membros da família, agregados e trabalhadores. Para aliviar o meu trabalho e poupar tempo, colocaram gentilmente ajudantes à minha disposição, mas, visto que ao fazer o recenseamento tinha por objetivo principal não tanto seus resultados quanto as impressões que podia colher no decorrer do próprio recenseamento, somente em raras ocasiões servi-me de ajuda alheia. A rigor esse trabalho, realizado em três meses por uma única pessoa, não deve ser chamado recenseamento: seus resultados podem não se distinguir pela exatidão e plenitude, mas, haja vista a inexistência de dados mais confiáveis quer na literatura, quer nos arquivos de Sacalina, talvez minhas cifras também possam ser úteis. [III]

PREPARAR O QUESTIONÁRIO

Não pedir oralmente informações que podem ser encontradas em fontes escritas; formular as questões de modo a evitar respostas imprecisas; diferenciar os formulários por sexo.

Para o recenseamento, utilizei formulários que foram impressos especialmente para mim na tipografia do comando da polícia. O processo do recenseamento em si consiste no que vem a seguir. Antes de mais nada, na primeira linha de cada formulário registrei o nome do posto ou povoado. Na segunda linha, o número da casa de acordo com a listagem oficial de domicílios. Em seguida, na terceira linha, a categoria do recenseado: forçado, colono, camponês ex-deportado ou homem livre. Só registrei os livres no caso de desempenharem um papel importante na vida doméstica do degredado, por exemplo, se tiverem casado com um deles, legalmente ou não, e em geral se pertencerem à sua família ou viverem na mesma isbá, como trabalhadores ou inquilinos, e assim por diante. [...] Quarta linha: nome, patronímico e sobrenome. [...] Nessa mesma linha anotei a relação do recenseado com o dono da casa: mulher, filho, agregados, trabalhador, inquilino, filho do inquilino, e assim por diante. [...] Quinta linha: a idade. A sexta linha faz referência à religião. Sétima linha: onde nasceu? [...] Oitava linha: há quanto tempo está em Sacalina? [...] Na nona linha registrei a ocupação principal e o ofício. Na décima, o nível de instrução. A pergunta costuma ser feita nos seguintes termos: "Conhece o alfabeto?". Eu, por minha vez, perguntava assim: "Sabe ler?". E isso, em muitos casos, poupava-me de respostas inverídicas, porque os camponeses que não sabem escrever e só distinguem letras de imprensa consideram-se analfabetos. Também há aqueles que, por modéstia, fazem-se de ignorantes. [...] A décima primeira referia-se à condição familiar: casado, viúvo, solteiro? [...] Finalmente, a décima segunda linha: recebe auxílio do Estado? [...] Na margem superior de todos os formulários femininos tracei uma linha a lápis vermelho e acho que seja mais cômodo assim do que ter um item específico para indicar o sexo. [III]

NÃO FAZER ENTREVISTAS, MAS CONVERSAR

Conversar com quem se encontra na rua, com quem está trabalhando, ou na casa de alguém tomando um chá.

Certa vez, passeando à beira-mar de Aleksandrovsk, entrei num galpão de lanchas e encontrei um velho de seus sessenta, setenta anos e uma velha carregada de trouxas e sacos, evidentemente prestes a partir. Conversamos. O velho acabara de adquirir os direitos de camponês e estava de partida com a mulher para o continente, sendo a primeira parada em Vladivostok e depois "onde Deus quiser". Pelo que diziam, estavam sem dinheiro. A barca deveria partir dali a 24 horas, mas eles já se encontravam no cais e agora escondiam-se com seus trastes no galpão, à espera da embarcação, como se temessem serem mandados de volta. Referiam-se ao continente com amor e respeito, convencidos, justamente, de que lá pudesse existir uma vida realmente feliz. [XV]

No espaço entre a beira-mar e o posto, além da estrada de ferro e da recém-descrita Slobodka, existe ainda algo digno de nota, que diz respeito à travessia do Dúika. Na água, em vez de um barco ou de uma balsa, há uma caixa enorme, perfeitamente quadrada. O capitão dessa embarcação, única no gênero, é o forçado Bonitão, que renega as próprias origens. Tem 71 anos completos. Corcunda, omoplatas salientes, uma costela quebrada, falta-lhe o polegar em uma das mãos e tem o corpo inteiro coberto de antigas marcas de chicotadas e pauladas. Quase não tem cabelos brancos – seus cabelos como que perderam a cor –; os olhos são azul-claros, com uma expressão de bondade e alegria. Anda descalço e coberto de trapos. É muito ativo, gosta de rir e conversar. Em 1855, desertou do serviço militar "por estupidez" e pôs-se a levar vida errante, renegando as próprias origens. Foi detido e enviado para a região além do lago Baikal, como diz ele, para os cossacos.

— Na época eu achava — contou-me — que na Sibéria as pessoas morassem embaixo da terra, então peguei e fugi pela estrada de Tiumien. Cheguei a Kamychlov, onde fui detido e condenado, Excelência, a vinte anos de trabalhos forçados e a noventa chicotadas. Fui mandado para Kara, onde me aplicaram as chicotadas, e de lá para Kórsakov, em Sacalina; de Kórsakov fugi com um companheiro, mas cheguei só até Due: lá eu adoeci e não consegui seguir adiante. Meu companheiro chegou até Blagoviéchtchensk. Agora já estou cumprindo a segunda pena, e faz ao todo 22 anos que vivo aqui em Sacalina. E meu único crime foi ter desertado do serviço militar.

— Por que esconde atualmente o seu verdadeiro nome? Que necessidade há?

— Nesse verão eu disse meu nome a um funcionário.

— E daí?

— E daí nada. O funcionário falou: "Até acertarmos os documentos, você já morreu. Continue do jeito que está. Qual a vantagem?". Isso é a pura verdade, sem tirar nem pôr... Pelo pouco

que me resta de vida. Mas em compensação, meu senhor, os parentes ficariam sabendo onde estou.
— Como é o seu nome?
— Aqui é Vassíli Ignátiev, Excelência.
— E o verdadeiro?
Bonitão pensou e disse:
— Nikita Trofímov. Sou do distrito de Skopin, na província de Riazan.
Comecei a atravessar o rio dentro da caixa. Bonitão finca a vara no fundo com um gesto amplo e assim fazendo estende o corpo descarnado, ossudo. É um trabalho cansativo.
— Deve ser duro, não?
— Que nada, Excelência! Ninguém vai me pôr no olho da rua, vou na maciota.
Ele conta que, mesmo estando em Sacalina há 22 anos, não foi chicoteado nenhuma vez e nunca esteve numa solitária.
— E isso porque, se me mandam derrubar uma floresta, eu vou; se me dão esta vara na mão, eu pego; se me mandam acender as estufas da chancelaria, eu acendo. Deve-se obedecer. A vida é boa, basta não ofender a Deus. Glória ao Senhor! [IV]

Todo viajante de passagem por Novo-Mikháilovka não pode deixar de conhecer Potiómkin, um camponês ex-deportado. [...] Possui uma vendinha, além de outra em Due, onde seu filho trabalha. Ele dá a impressão de um velho crente atarefado, inteligente e rico. Os cômodos de sua casa são limpos, com as paredes forradas de papel e há até mesmo um quadro: *Marienbad, balneário perto de Libava*. Ele e sua velha esposa são ponderados, sensatos e demonstram perspicácia na conversação. Quando fui tomar chá na casa deles, ambos disseram-me que é possível viver em Sacalina e a terra dá bons frutos, mas que todo o mal reside no fato de que atualmente o povo anda preguiçoso, animalhado e não se esforça. Perguntei-lhe se era verdade o que diziam, que tinha oferecido a uma pessoa importante melões e melancias de sua própria horta. Respondeu-me sem pestanejar: "Exato, por aqui os melões às vezes amadurecem"[5]. [VII]

FAZER PERGUNTAS

Pedir informações e explicações.

Por estranho que pareça, o jogo de baralho é muito popular em Armudan Alto e a fama de seus jogadores espalha-se por toda Sacalina. Por falta de meios, os de Armudan fazem apostas muito baixas, mas em compensação jogam sem parar, como na peça *Trinta anos, ou a Vida de um Jogador*[6]. Com um dos mais fanáticos e incansáveis jogadores dos trabalhos forçados, o deportado Sizov, tive a seguinte conversa:

— Por que, Excelência, não deixam a gente ir para o continente? — perguntou ele.

— E a troco de que você quer ir? — caçoei. — Olhe que lá não há com quem jogar.

— Ora, lá é que se joga de verdade.

— E você joga *chtos*? — perguntei depois de uma pausa.

— Exatamente, Excelência, *chtos*.

Depois, partindo de Armudan Alto, perguntei ao meu cocheiro-forçado:

— É por interesse que jogam?

— Claro que é por interesse.

---

5. Potiómkin já era rico ao chegar a Sacalina. O doutor Avgustínovitch, que o viu três anos após sua chegada à ilha, escreve que "a melhor de todas as casas é a do deportado Potiómkin". Se num período de três anos o forçado Potiómkin conseguiu construir para si uma bela casa, comprar cavalos e casar a filha com um funcionário de Sacalina, acho que a agricultura nada tem a ver com isso.

6. *Trente ans, ou la Vie d'un joueur*, melodrama do dramaturgo e romancista francês Victor Ducange (1783–1833). (N. do T.)

— Mas o que têm a perder?
— Como o que têm? A ração do Estado, o pão ou um peixe defumado. O sujeito perde a bóia e a roupa e depois passa fome e frio.
— E o que ele vai comer?
— O quê? Ora, se ganha, come; se não ganha, vai dormir de barriga vazia. [IX]

LEVAR EM CONTA AS CRIANÇAS

Conversar com as crianças e observar suas brincadeiras para compreender, entre outras coisas, o mundo dos adultos.

As crianças acompanham com olhar indiferente um grupo de prisioneiros com seus grilhões; quando os acorrentados transportam areia, as crianças agarram-se à traseira da carriola, rindo sem parar. Brincam de soldado e detento. Um menino, saindo à rua, grita aos seus companheiros: "Em forma!", "Descansar!". Ou então mete numa sacola os seus brinquedos, mais um pedaço de pão e diz à mãe: "Vou cair no mundo". "Tome cuidado, um soldado pode atirar" brinca a mãe; ele sai à rua e faz o papel do detento prestes a fugir, enquanto seus companheiros, que representam os soldados, vão no seu encalço. As crianças de Sacalina falam de vagabundos e ladrões, de chicotadas e vergastadas; sabem o que é carrasco, corrente, amigação. [XVII]

Percorrendo as isbás de Armudan Alto, fui parar numa em que os adultos não estavam; em casa havia somente um menino de cerca de dez anos, cabelos claros, meio arqueado, descalço; seu rosto pálido era coberto de enormes sardas e parecia de mármore.
— Como se chama seu pai? – perguntei.
— Não sei – respondeu.
— Como é que pode? Mora com seu pai e não sabe o nome dele? Que vergonha!

— Ele não é o meu pai de verdade.
— Como assim?
— É amigado com mamãe.
— Sua mãe é casada ou viúva?
— Viúva. Veio por causa do marido.
— Como assim, por causa do marido?
— Matou ele.
— Você se lembra do seu pai?
— Não lembro. Sou filho ilegítimo. Minha mãe me deu à luz em Kara.

As crianças de Sacalina são pálidas, magras, indolentes; vivem esfarrapadas e mortas de fome [...], morrem quase sempre de doenças intestinais. [XVII]

NUMERAR

Contar, medir, pesar.

Mgátchi. Trinta e oito habitantes: 20 homens e 18 mulheres. Quatorze proprietários. Treze possuem família, mas as famílias legítimas são apenas duas. Todos juntos possuem cerca de 12 *deciatinas*[7] de terras cultiváveis, mas não semeiam grãos há três anos e plantam batatas no terreno inteiro. Onze são proprietários de lotes desde a fundação do povoado e cinco deles já pertencem à classe dos camponeses. Os proventos são bons e isso explica por que os camponeses não têm pressa de voltar para o continente. Sete habitantes exercem a função de arreeiros, ou seja, cuidam dos cães e dos trenós nos quais correio e passageiros são transportados no inverno. Um tem a caça por ofício. Da pesca, a que se refere um relatório da administração carcerária central de 1890, não há nem sombra por aqui.

---

7. Antiga medida agrária russa equivalente a 1,09 ha. (N. do T.)

Tángui. Dezenove habitantes: 11 homens e oito mulheres. Seis proprietários. Cerca de duas *deciatinas* de terra cultivável, mas aqui também, como em Mgátchi, graças ao freqüente nevoeiro marinho que impede o crescimento dos grãos, cultivam apenas batatas. Dois proprietários têm barcos e praticam a pesca.
Khoe. No promontório homônimo, que emerge a pino do mar e é visível de *Aleksandrovsk.* Trinta e quatro habitantes: 19 homens e 15 mulheres. Treze proprietários, que ainda não perderam completamente as ilusões e continuam a plantar trigo e centeio. Três praticam a caça.
Trambaus. Oito habitantes. Três homens e cinco mulheres. Um povoado feliz, onde há mais mulheres do que homens. Três são proprietários.
Viákhty, às margens do rio Viákhtu, que une o lago ao mar e, nesse aspecto, lembra o Nevá. Dizem que no lago há salmões e esturjões. Dezessete habitantes: nove homens e oito mulheres. Sete proprietários.
Vángui. É o lugarejo situado mais ao norte. Treze habitantes: nove homens e quatro mulheres. [VIII]

Em outro [dormitório]: um forçado, a mulher de condição livre e o filho; uma forçada tártara e sua filha; um forçado tártaro, sua mulher de condição livre e dois pequenos tártaros de solidéu; um forçado, a mulher de condição livre e o filho; um preso que cumpriu 35 anos de deportação, mas jovial ainda, com bigodes pretos, que anda descalço por não ter sapatos e é amigo do carteado[8]; a tarimba ao lado é ocupada por sua amante, uma forçada abatida, sonolenta e de aparência miserável; mais adiante, um forçado, a mulher de condição livre e três crianças; um forçado sem família; um forçado, a mulher de condição livre e dois filhos; um deportado; mais um forçado, um velhote bem asseado e de barba feita. Pelo dormitório perambula e grunhe

---

8. Nesse ponto há uma nota inserida, cuja transcrição encontra-se na parte "Caderno de anotações", à p. 36. (N. do O.)

um leitãozinho; no chão uma sujeira viscosa, que fede a percevejo e coisa azeda; dizem que os percevejos tornam a vida impossível. [VIII]

Como é fácil para os cozinheiros enganarem-se e prepararem porções maiores ou menores pode ser visto pela quantidade de alimento colocada no caldeirão. No dia 3 de maio de 1890, na prisão de Aleksandrovsk, comeram 1.279 pessoas; nos caldeirões foram colocados cerca de 221 quilos de carne, 82 de arroz, 24 de farinha, 16,4 de sal, 394 de batatas, 300 gramas de folhas de louro e 240 de pimenta. Na mesma prisão, em 29 de setembro, para 675 pessoas foram servidos 279 quilos de peixe, 49 de cereais, 16,4 de farinha, 8,2 de sal, 205 de batatas, 100 gramas de folhas de louro e 170 de pimenta[9]. [XIX]

Os casos de mortes não naturais entre a população ortodoxa, em dez anos, foram 170, incluindo os de vinte condenados à forca e de dois enforcados não se sabe por quem. Os suicídios somam 27: no norte de Sacalina serviam-se de armas de fogo (um atirou em si mesmo durante seu turno de guarda), ao passo que no sul as mortes eram por envenenamento: muitos afogados, congelados, esmagados por árvores; um dilacerado por um urso. De causas como parada cardíaca, infarto, apoplexia, paralisia total e assim por diante, verificam-se nos registros paroquiais como vítimas de morte "súbita" 17 pessoas, das quais mais da metade tinha idade entre os 22 e os quarenta anos, e somente uma havia superado os cinqüenta. [XXII]

Do monte de rações diárias de pão preparadas para distribuição aos presos peguei algumas ao acaso e pesei-as: cada uma pesava invariavelmente três libras bem pesadas. [X]

---

9. Para facilitar, a exemplo da edição italiana, as medidas de peso presentes no original em russo – *pud* (16,3 kg) e *funt* (409,5 g) – foram convertidas para o sistema métrico decimal. (N. do T.)

REDIGIR INVENTÁRIOS

Fazer listas de objetos e instrumentos.

Transcrevo da própria relação os números referentes ao inventário do hospital. Nos três hospitais havia: um espéculo ginecológico; um laringoscópio; dois termômetros grandes, ambos quebrados; nove termômetros "para a temperatura do corpo", dos quais dois quebrados; um termômetro "para altas temperaturas"; um cateter; três seringas de Pravaz, das quais uma com a agulha quebrada; 29 seringas de estanho; nove tesouras, duas quebradas; 34 clisteres; um tubo de drenagem; um almofariz grande com pilão; uma correia de amolar; 14 recipientes para sanguessugas. [XXIII]

TERCEIRA PARTE – ESCRITA

Mediante a observação atenta e o estudo é que se pode chegar sempre à conclusão daquilo que se sabe, e somente desse modo torna-se possível transmitir aos outros o que sabemos.

Claude Bernard, Introdução ao estudo da medicina experimental

SUPERAR AS DIFICULDADES INICIAIS

NÃO PROTELAR

Escrever enquanto as impressões ainda estão vivas.

Ainda estou longe de terminar o meu trabalho[1]. Se o deixar para maio, então só poderei começar o de Sacalina por volta de julho, e isso é perigoso, porque minhas impressões de viagem já estão dissipando-se e arrisco-me a esquecer uma porção de coisas.

A ALEKSEI SUVÓRIN,
5 de março de 1891[2]

ENTENDER A RAZÃO DE NÃO CONSEGUIR ESCREVER

Não pontificar nem esconder a verdade.

Passei muito tempo a escrever, sentindo que não acertava o ponto, até que finalmente fisguei o que havia de falso. O falso consistia justamente no fato de parecer que eu queria, com meu *Sacalina*, pontificar sobre o assunto e, ao mesmo tempo, que es-

---
1. Tchékhov estava escrevendo a novela "O duelo". (N. do T.)
2. Cf. Anton Tchékhov, *Cartas a Suvórin 1886–1891*, p. 343. (N. do T.)

tava escondendo algo e traía a mim mesmo. Porém, logo que me pus a descrever o quão estranho eu me sentia em Sacalina e que porcalhões vivem ali, a coisa ficou mais fácil [...].

A ALEKSEI SUVÓRIN,
28 de julho de 1893[3]

---

3. Cf. Anton Tchékhov, *Sem trama e sem final*, p. 84. (N. do T.)

Dar forma ao livro

INCIPIT

Começar o livro pela chegada ao lugar da pesquisa e pelas impressões obtidas nos primeiros momentos.

No dia 5 de julho de 1890 cheguei de vapor à cidade de Nikoláievsk, um dos pontos mais a leste de nossa terra. Aqui o Amur é bastante largo e até o mar faltam 27 verstas; o local parece majestoso e belo, mas o passado desses lugares, os relatos dos companheiros de viagem sobre o inverno inclemente e sobre os não menos inclementes costumes locais, a proximidade dos campos de trabalhos forçados e a própria vista da cidade abandonada, moribunda, tolhem a vontade de apreciar a paisagem. [1]

RELATAR A VIAGEM

Contar a viagem do início ao fim, e, durante o percurso, descrever lugares e situações, não obrigatoriamente ligadas ao tema da pesquisa, mas deixando aflorar as lembranças.

Na costa há algumas casinhas e uma igreja. É posto Aleksandrovsk. Moram ali o chefe do posto, seu secretário e os telegrafistas. Um funcionário local, que veio a bordo almoçar conosco – um sujeito maçante e sem graça, que durante a refeição falou e

bebeu muito –, contou-nos a velha anedota dos gansos que, empanturrados com bagos de licor de frutas e bêbados, foram dados por mortos, depenados e jogados fora, e depois, passada a bebedeira, voltaram pelados para casa; a propósito disso o funcionário jurou que a história dos gansos tinha ocorrido em De Castries, no seu próprio quintal. Na igreja não há padre e, quando necessário, vem um de Mariinsk. Tempo bom aqui é raro como em Nikoláievsk. Dizem que na primavera deste ano esteve trabalhando no local uma expedição científica e durante todo o mês de maio houve apenas três dias de sol. Tentem trabalhar sem sol!
No ancoradouro encontramos os navios de guerra *Bobr* e *Tungus*, além de dois torpedeiros. Faz lembrar mais um detalhe: mal largamos a âncora, o céu escureceu, armou-se uma tempestade e a água adquiriu uma insólita cor verde-clara. [I]

Os dias eram bonitos, com céu claro e ar transparente, como os nossos dias de outono. Os fins de tarde eram maravilhosos; lembro o poente em chamas, o mar azul escuro e a lua muito branca, surgindo de trás da montanha. Em fins de tarde assim gostava de passear pelo vale entre o posto e a aldeia de Novo-Mikháilovka; a estrada aqui é plana e reta, ladeada pelos trilhos do vagonete, pelos fios do telégrafo. Quanto mais se afasta de Aleksandrovsk, tanto mais o vale torna-se estreito, a escuridão fica mais densa, as bardanas gigantescas começam a parecer plantas tropicais; por toda parte a noite desce sobre as montanhas. Ao longe avistam-se o fogo onde o carvão é queimado, as chamas de um incêndio. A lua aparece. De repente, o quadro adquire um aspecto fantástico: pelos trilhos, sobre uma pequena plataforma, apoiando-se numa barra, vem ao meu encontro um forçado vestido de branco. Senti um arrepio na espinha. [II]

ESTRUTURA EM CAPÍTULOS

Depois de narrar a viagem, tratar separadamente temas isolados, subdividindo-os em novos capítulos.

Nos capítulos subseqüentes descreverei os postos e os povoados e, durante o percurso, apresentarei ao leitor os trabalhos dos forçados e as prisões, pelo que me foi dado conhecer em tão pouco tempo. Em Sacalina os trabalhos forçados são muito variados; não são especializados no ouro ou no carvão, mas compreendem toda a vida cotidiana de Sacalina e encontram-se disseminados por todos os povoados da ilha. O abate de florestas, as obras de construção, o assoreamento dos pântanos, a pesca, a sega dos prados, o carregamento dos vapores: todos esses são tipos de trabalho forçado, que, por necessidade, fundiram-se a tal ponto com a vida da colônia, que isolá-los e tratá-los como algo que existe de modo independente só é possível da perspectiva banal de quem, no degredo, espera encontrar, antes de mais nada, minas e fábricas.

Começarei pelo vale de Aleksandrovsk, pelas aldeias situadas à beira do rio Dúika. Ao norte de Sacalina, esse vale foi o primeiro lugar a ser escolhido para a deportação, não por ter sido mais bem explorado que os demais ou possuir os requisitos indispensáveis à colonização, mas simplesmente por acaso, graças ao fato de situar-se mais próximo de Due, onde o trabalho forçado foi posto em prática pela primeira vez. [III]

Terminada a apresentação dos lugares habitados de Sacalina, passarei agora à descrição dos detalhes, importantes e não importantes, que caracterizam a vida atual da colônia. [XIV]

OBJETIVIDADE

INDICAR AS FONTES

Dizer de onde são extraídas as informações e precisar se o seu conhecimento é direto. Usar as notas para: indicar a fonte das informações; remeter a estudos específicos para quem quer se aprofundar; fornecer dados biográficos de uma personalidade; reportar episódios ou detalhes que poderiam sobrecarregar o texto; expressar um juízo crítico sobre uma publicação.

Na costa ocidental, junto à foz do Arkai, há seis povoados de pouca importância. Não estive em nenhum deles e quanto aos números que lhes dizem respeito recorri aos documentos do inventário patrimonial e aos registros paroquiais. [VIII]

Até 1875, no posto de Kórsakov, as sentinelas alojavam-se na prisão; lá também ficava o corpo de guarda, numa espécie de cubículo escuro. Escrevia o médico Sintsóvski: "Pode ser que um ambiente dessa exigüidade seja admissível para os deportados como medida punitiva, mas os soldados não têm nada a ver com isso e não se sabe o motivo por que devam suportar semelhante castigo"[1]. [XX]

---

1. Sintsóvski, "As condições higiênicas dos deportados", *Zdoróvie* (*16*, 1875).

Entre os animais de maior valor industrial, presentes em quantidade particularmente abundante, há zibelinas, raposas e ursos[2]. [XVIII]

O segundo povoado é Mitsulka, assim chamado em homenagem a M. S. Mitsul[3]. [XIII]

Ali travei conhecimento com o major Ch., inspetor da prisão

---

2. Para detalhes, remetemos ao estudo de A. M. Nikólski, *A ilha de Sacalina e sua fauna de animais vertebrados*.

3. Da expedição enviada de Petersburgo em 1870, sob o comando de Vlássov, participou também o agrônomo Mikhail Semiónovitch Mitsul, homem de rara força moral, grande trabalhador, além de otimista e idealista entusiasmado, que possuía dentre outras coisas a capacidade de transmitir aos outros o seu próprio entusiasmo. Tinha cerca de 35 anos naquela época. Assumiu a tarefa que lhe fora confiada com extraordinária dedicação. Explorando o solo, a flora e a fauna de Sacalina, percorreu a pé os atuais distritos de Aleksandrovsk e de Týmovo, a costa ocidental, e todo o sul da ilha; ainda não havia estradas, somente num lugar ou noutro encontravam-se trilhas miseráveis, que desapareciam na taiga e nos charcos, e qualquer locomoção, a pé ou a cavalo, era um verdadeiro suplício. A idéia de uma colônia agrícola de deportados tinha atingido em cheio e arrebatado Mitsul. Dedicou-se a ela de corpo e alma, apaixonou-se por Sacalina, e como uma mãe que não consegue ver defeitos no filho amado, assim, na ilha que se tornara sua segunda pátria, ele também não se dava conta do solo gelado e dos nevoeiros. Parecia-lhe um rincão florescente da terra, e por isso não se deixava incomodar nem pelos dados meteorológicos, de resto quase inexistentes à época, e nem pela amarga experiência dos anos passados, que para ele não merecia crédito. E aqui ainda havia bambu, videira selvagem, ervas de tamanho gigantesco, japoneses... A história posterior da ilha encontra-o já como administrador, conselheiro de Estado, cada vez mais apaixonado e incansável no trabalho. Morreu em Sacalina, vítima de grave perturbação nervosa, aos 41 anos. Visitei seu túmulo. Deixou um livro: *Estudo agrícola da ilha de Sacalina*, 1873. Trata-se de uma longa ode de fidelidade a Sacalina.

de Kórsakov, antes a serviço do general Gresser da polícia de Petersburgo: um homem alto, corpulento, com aquela postura sólida, imponente, que antes disso eu só tinha podido observar em certos comissários de polícia de quarteirão ou de distrito. Ao contar-me sobre suas relações esporádicas com muitos escritores famosos de Petersburgo, o major chamava-os simplesmente Micha, Vânia[4] e, ao convidar-me para o desjejum ou almoço em sua casa, tratou-me inadvertidamente por "tu" umas duas vezes[5]. [XII]

VERIFICAR A CONFIABILIDADE

Entender como as fontes foram produzidas.

Os registros dos alógenos são feitos por funcionários de chancelaria, desprovidos de preparação científica ou prática e até mesmo de qualquer instrução militar; ainda que as informações sejam recolhidas por eles mesmos no lugar, nas aldeias *guiliaki* isso é feito, naturalmente, de modo autoritário, com irritação e superficialidade, sendo que a delicadeza dos *guiliaki*, sua etiqueta, que não admite uma relação arrogante e autoritária com as pessoas, e a repulsa que têm por todo tipo de transcrições e registros demandam uma arte especial no modo de tratar com eles. Além disso, os dados são coletados pela administração sem qualquer finalidade definida, só por coletar, razão pela qual o funcionário

---

4. Hipocorísticos de Mikhail e Ivan, respectivamente. (N. do T.)
5. O major Ch., justiça seja-lhe feita, nutria profundo respeito por minha profissão literária e, durante toda a minha estada em Kórsakov, tentou de todos os modos impedir que me aborrecesse. Anteriormente, algumas semanas antes de minha chegada ao sul, tinha se comportado do mesmo modo com o inglês Howard, aventureiro e literato, que sofrera um naufrágio em Aniva, num junco japonês, e depois escrevera um amontoado de absurdos sobre os habitantes locais em seu livro *The life with trans-Siberian savages*.

não leva absolutamente em consideração o mapa etnográfico, mas age de modo arbitrário. [XI]

Os funcionários encarregados da colônia agrícola, na grande maioria dos casos, antes de desempenharem essas funções não tinham sido nem proprietários rurais, nem camponeses e não entendiam absolutamente nada de agricultura; para se informarem, toda vez recorriam apenas aos dados que os guardas recolhiam para eles. Os agrônomos locais não tinham competência suficiente e não faziam nada, ou então suas relações distinguiam-se pela famigerada tendenciosidade; ou ainda, chegando à colônia diretamente dos bancos escolares, limitavam-se nos primeiros tempos somente ao aspecto teórico ou formal do problema e de acordo com seus próprios relatórios continuavam a usar sempre as mesmas informações colhidas nas diversas repartições por funcionários subalternos. Ao que parece, informações mais precisas podiam ser obtidas junto às próprias pessoas que lavravam a terra, mas ainda assim essa fonte não era de todo confiável. Por temor de perderem os subsídios ou a concessão de sementes a crédito, ou mesmo de ter de passar a vida inteira em Sacalina, os deportados sempre faziam parecer menores do que eram na realidade tanto a superfície cultivada como a produção das colheitas. [XVIII]

COMPARAÇÃO

Confrontar as fontes mais variadas, recorrendo até à própria experiência.

No relatório do inspetor agrícola inclui-se uma tabela das colheitas dos últimos cinco anos, com dados que o comandante da ilha define como "fantasias ociosas"; a partir dessa tabela pode-se concluir, aproximadamente, que a colheita média de trigo em Sacalina apresenta uma relação de um para três. Essa relação confirma-se em outra cifra: em 1889, a colheita do trigo fornecia, para todos os adultos, uma quota *per capita* de cerca de onze arrobas, o que equivale a três vezes o que foi semeado. [XVIII]

O inspetor carcerário da região do Amur, senhor Kamórski, quando o assunto veio à baila, assegurou-me que a administração não tem o direito de manter o deportado na condição de colono por mais de dez anos ou de impor requisitos para sua admissão na categoria dos camponeses, uma vez transcorrido o prazo indicado. Porém, aconteceu-me encontrar em Sacalina velhos que tinham sido colonos por mais de dez anos seguidos, sem que fossem admitidos como camponeses. De resto, não pude comprovar tais declarações pelas listas oficiais e por isso não posso julgar a sua exatidão. [XV]

Em 1872, Siniélnikov, governador-geral da Sibéria Oriental, proibiu o emprego de deportados no serviço doméstico. Mas essa proibição, que até hoje tem valor de lei, é violada com toda desenvoltura. O registrador colegial tem registrado em seu próprio nome cerca de meia dúzia de criados e, quando vai fazer um piquenique, manda à frente uma dezena de forçados com as provisões. Os comandantes da ilha, senhores Guintse e Kononóvitch, combateram esse mal, mas não com energia suficiente; eu, ao menos, encontrei apenas três ordens do dia relativas à questão da criadagem, tão vagas de modo a permitir as mais variadas interpretações. [...] De qualquer modo, em 1890, quando estive em Sacalina, todos os funcionários, inclusive os que não tinham nenhuma relação com o setor carcerário (por exemplo, o chefe do escritório dos correios e telégrafos), serviam-se dos forçados para seus assuntos particulares na mais larga medida, sem pagar qualquer salário a essa criadagem nutrida às custas do erário. [V]

A julgar pelos dados dos documentos do patrimônio, colhidos pelos guardas do povoado, pode-se concluir que os três Arkovo, no breve período transcorrido desde sua fundação, deram passos gigantescos na agricultura [...]. Na realidade, porém, as coisas não são assim. Os três Arkovo estão entre os povoados mais pobres do norte de Sacalina. Há terra cultivável, há animais, mas nunca houve uma verdadeira colheita. [VIII]

EXPLICAR AS DEFASAGENS ENTRE PERGUNTAS E RESPOSTAS

As respostas mais interessantes às vezes podem ser as falsas ou aproximativas, como também a ausência de resposta.

Se lhe perguntam quem é, o deportado costuma dar a seguinte resposta: "Um livre". Depois de dez anos, ou então, em condições favoráveis – que permitem uma exceção às normas do degredo –, depois de seis, o preso recebe o título de camponês exforçado. Se lhe perguntam a que categoria pertence, o camponês responde com toda a dignidade, como se isso lhe permitisse não ser mais incluído entre os demais, mas ser diferente dos outros por algo particular: "Eu sou camponês". Porém, não acrescenta: "Ex-forçado". [...] Eles também, com exceção dos soldados, não obstante terem sido burgueses, comerciantes, intelectuais, não se estendem sobre sua categoria anterior, como se ela já tivesse sido esquecida, e definem sua condição anterior simplesmente como "a liberdade". Se alguém fala do próprio passado, costuma começar assim: "Quando vivia em liberdade..." e assim por diante.

[...] Também acontece um verdadeiro camponês cristão russo, indagado sobre o próprio nome, responder sério: "Karl". Trata-se de um andarilho que no caminho trocou seu nome pelo de um alemão qualquer. Lembro ter anotado dois nomes do gênero: Karl Langer e Karl Kárlov.

[...] As mulheres que ultrapassaram os quarenta anos mal lembram a própria idade e respondem à pergunta depois de refletir um pouco. Os armênios da província de Erevan não sabem absolutamente suas idades. Um deles me respondeu assim: "Talvez trinta, mas pode ser até cinqüenta". Nesses casos tive que determinar a idade por aproximação, a olho, e depois verificá-la na lista de dados. Os jovens de 15 anos em diante costumam diminuir a idade. Qualquer moça é noiva ou pratica a prostituição há tempo, mas continua a ter somente 13 ou 14 anos. O fato é que as crianças e os adolescentes, nas famílias pobres, recebem alimentos do Estado, que são concedidos somente até os 15 anos, por isso um cálculo simples induz os jovens e seus pais a não dizerem a verdade. [...] Oitava linha: há quanto tempo você está em Sacalina? Raramente alguém respondia de imediato a essa pergunta, sem uma certa tensão. O ano da chegada a Sacalina é um ano de terrível infelicidade, e por isso não sabem ou não se lembram dele. Se se pergunta a uma deportada em que ano foi trazida a Sacalina, ela responde com indolência, sem pestanejar: "Vai-se saber! Devia ser 1883". Intromete-se o marido ou amásio: "Mas que língua de trapo é essa? Você chegou em 1885". "É até possível que tenha sido em 85", aquiesce suspirando. Começamos a fazer o cálculo e o marido está com a razão. Os homens não manifestam a mesma dificuldade das mulheres, mas eles também demoram a dar a resposta, após ter pensado e discutido um pouco.

— Em que ano você foi trazido a Sacalina? — pergunto a um degredado.

— Sou da mesma leva que o Gládki — diz, inseguro, lançando um olhar aos companheiros.

Gládki é da primeira leva, que chegou a Sacalina no *Dobrovóliets* em 1879. E assim escrevo. Ou, então, podem ser ouvidas respostas que tais: "Fiquei seis anos nos trabalhos forçados, e agora já faz três anos que estou com os confinados... É só fazer as contas". "Quer dizer que está em Sacalina há nove anos?" "Nada disso. Antes de Sacalina passei dez anos na prisão central". E assim por diante. Ou, ainda, respostas do tipo: "Cheguei aqui no ano em que mataram Diérbin". Ou: "Quando Mítsul morreu". [...]

"E onde vamos aprender? Que instrução podemos ter?" — e somente quando a pergunta é repetida ["Sabe ler?"], dizem: "Antigamente me virava com as letras de forma, mas agora acho que esqueci. Somos gente ignorante, não passamos de mujiques". Outra resposta dos analfabetos é não enxergar bem e ser cego. [III]

CITAR DOCUMENTOS

A título de exemplo, transcrever ou reproduzir uma informação.

Em todo povoado também mora um guarda, geralmente um funcionário subalterno do comando local, um analfabeto que informa aos funcionários de passagem que tudo corre na mais perfeita ordem, observa o comportamento dos colonos, para que não se afastem do lugar sem permissão e trabalhem na lavoura. Ele é a autoridade mais próxima do povoado, geralmente o único juiz, e seus relatórios aos superiores constituem documentos importantes para avaliar a boa conduta, a capacidade e a estabilidade de um colono. Eis um exemplo de relatório apresentado por um guarda:

Relação dos habitantes da aldeia de Armudan Alto considerados de má conduta:

Sobrenome e nome	Motivos
1. Izduguin Anáni	Roubo
2. Kisseliov Piotr Vassíliev	Idem
3. Glybin Ivan	Idem
4. Galýnski Semion	Incapacidade para a construção e indisciplina
5. Kazánkin Ivan	Idem

[XV]

NADA DE PANEGÍRICOS

Dizer as coisas como são, citando dados de fato, para permitir a qualquer um a possibilidade de formar uma opinião e expressar um julgamento.

Nas palavras do comandante da ilha, "os inquéritos começam sem provas suficientes, são conduzidos com lentidão e inexperiência, e os acusados permanecem detidos sem nenhuma fundamentação". O suspeito ou acusado é detido e aprisionado. Quando em Góli Mys assassinaram um colono, quatro homens foram detidos, indiciados[6] e trancafiados em celas escuras e frias. Três dias depois soltaram três, enquanto um foi mantido preso e acorrentado, com ordem de receber comida quente somente a cada três dias; em seguida, por reclamação de um carcereiro foram-lhe infligidas cem vergastadas, e foi mantido no escuro, faminto, em estado de terror até confessar. Nessa mesma época havia na prisão uma mulher de condição livre, uma tal Garánina, detida por suspeita de matar o marido. Ela também era mantida em cela escura e recebia comida quente a cada três dias. Quando interrogada por um funcionário na minha presença, declarou estar doente havia muito tempo e afirmou que não queriam deixá-la se submeter a uma consulta médica. O funcionário perguntou ao carcereiro responsável pelas celas por que o médico não tinha sido chamado, ao que o outro respondeu literalmente o seguinte:

— Eu informei ao senhor inspetor, mas disseram: que morra!

Esse desconhecimento de qualquer distinção entre prisão preventiva e encarceramento por condenação (e ainda por cima em uma cela escura da prisão dos degredados!), o desconhecimento de qualquer distinção entre livres e presos, deixaram-me realmente pasmo: tanto mais que o chefe da circunscrição local freqüentou a faculdade de direito, enquanto o diretor da prisão esteve em outros tempos a serviço da polícia de Petersburgo.

Outra vez, de manhã cedo, achava-me na prisão em companhia do chefe da circunscrição. Quando fizeram sair das celas os quatro deportados suspeitos de homicídio, eles tremiam de

---

6. Segundo o *Regulamento para deportados*, para deter um deportado as autoridades não devem observar a práxis prevista no código de processo judicial; um deportado pode ser detido em qualquer circunstância em que se apresente uma suspeita contra ele (artigo 484).

frio. Garánina estava calçando apenas as meias e não os sapatos, e ela também tremia e mantinha os olhos entreabertos, ofuscada pela luz do dia. O chefe da circunscrição ordenou sua transferência para um local iluminado. Nessa ocasião, percebi ainda um georgiano que perambulava como uma sombra perto das entradas dos cárceres; já fazia cinco meses que se encontrava trancafiado numa cela escura, à espera do inquérito que até então ainda não fora iniciado. [XXI]

Para cumprir os deveres assumidos e proteger os interesses da sociedade, o governo mantém duas prisões nos arredores das minas, a de Due e a de Voevodsk, e um comando militar de 340 homens, o que vem a custar 150 mil rublos por ano. [...] De sua parte, em troca, a sociedade responde por três sérias obrigações: deve administrar corretamente a exploração mineira em Due e manter no local um engenheiro de minas, que controlaria a correção da atividade; pagar pontualmente duas vezes ao ano pelo carvão e pelo trabalho dos forçados; utilizar exclusivamente, na exploração das minas, a mão-de-obra dos forçados para todos os tipos de trabalho relativos a essa empresa. Essas três obrigações existem só no papel e, ao que parece, já foram esquecidas há muito tempo. [VIII]

EXPRESSAR A PRÓPRIA OPINIÃO

Se algo não agrada, deve ser dito.

A favor do sistema das celas coletivas, acho que dificilmente alguma coisa boa poderia ser dita. As pessoas que vivem em celas comunitárias não formam uma comunidade, nem uma cooperativa, mas um bando que as isenta de qualquer dever em relação ao lugar, ao próximo e ao objeto. Ordenar a um forçado que não ande com barro e esterco na sola dos sapatos, não cuspa no chão, não esmague os percevejos é algo impossível. Se na cela há fedor ou se ali não dá para viver por causa dos roubos, ou se cantam canções obscenas, a culpa é de todos, ou seja, de ninguém. Pergunto a um forçado que antes era cidadão de respeito: "Por que é tão desleixado?". E ele me responde: "Porque aqui o meu zelo seria inútil". E, de fato, que valor pode ter para um forçado o zelo individual, se no dia seguinte chega um novo grupo e ele se vê ombro a ombro com um vizinho cheio de insetos e que exala um fedor nauseabundo?

A cela coletiva não permite ao detento a solidão necessária, ainda que seja apenas para rezar, para pensar e para aquele exame de si mesmo que todos os defensores da reeducação consideram indispensável. O carteado violento dos forçados com a cumplicidade dos carcereiros, as imprecações, as risadas, o vozerio, as portas que batem e os grilhões arrastados continuamente impedem o sono do trabalhador esgotado, deixam-no irritado, coisa que sem dúvida repercute em sua condição física e na psique. A vida de animais, com suas distrações vulgares típicas de um pardieiro, com a inevitável influência dos maus sobre os bons, como já foi demonstrado há muito tempo, influi na moralidade do preso do modo mais deletério. Aos poucos, faz com que perca a capacidade de cuidar de uma casa, ou seja, a qualidade que um forçado mais deveria cultivar, pois, ao sair da prisão, ele se tornará membro autônomo de uma comunidade, onde desde o primeiro dia exigirão dele, com base nas leis e sob ameaça de punições, que seja um bom chefe da casa e excelente pai de família. [V]

Por esses alojamentos de bárbaros e por seu mobiliário, em que moças de 15 e 16 anos são obrigadas a dormir ao lado dos forçados, o leitor pode deduzir com que desprezo e arrogância são tratadas as mulheres e as crianças, que seguiram voluntariamente os pais e os maridos no degredo; como são pouco valorizadas, e como eles não estão nem um pouco preocupados com a colônia agrícola. [VIII]

VERACIDADE

FAZER RETRATOS

Descrever o aspecto de uma pessoa.

Entre os que estão em celas individuais, chama particularmente a atenção a famosa Sofia Bliuvchtein, a "Mãozinha de Ouro", condenada por evasão da Sibéria a três anos de trabalhos forçados. É uma mulher miúda, magra, já grisalha, com cara de velha. Tem as mãos acorrentadas. Em cima da tarimba mantém somente uma peliça de carneiro cinza que lhe serve tanto de agasalho como de enxerga. Caminha de um canto para outro da cela, parece farejar o ar continuamente, feito rato em ratoeira, e chega a ter no rosto uma expressão de ratazana. Olhando para ela, não dá para acreditar que até pouco tempo atrás era tão bonita, a ponto de encantar seus carcereiros, como em Smoliensk, por exemplo, onde um guarda ajudou-a a fugir e fugiu junto com ela. [V]

Em Mitsulka vive a Gretchen de Sacalina, de nome Tânia, filha do deportado Nikoláiev, natural da província de Pskov, 16 anos de idade. É loira, esguia e de traços finos, delicados, ternos. Já esteve noiva de um carcereiro. Andando por Mitsulka, é possível encontrá-la sempre à janela, pensando. Em que pensa e o que sonha uma bela jovem, em plena Sacalina, só Deus deve saber. [XIII]

O filho do arcipreste K., deportado por homicídio, tinha fugido para a Rússia, onde cometeu outro crime, e depois foi mandado de volta a Sacalina. Certa manhã dei com ele em meio a uma multidão de deportados perto da mina: extraordinariamente magro, encurvado, olhos apagados, vestindo um velho sobretudo de verão e calças esfarrapadas, sonolento, tremendo com o frio matutino, aproximou-se do guarda que estava ao meu lado, tirou o quepe, descobrindo a cabeça calva, e pôs-se a pedir qualquer coisa. [XXII]

DESCREVER CENAS

Rememorar uma situação, com personagens, ambiente e fundo.

Durante minha estada em Derbínskoie, os detentos estavam pescando para a prisão. O comandante geral Kononóvitch tinha convocado uma reunião de colonos e, repreendendo-os por terem vendido peixe ruim para a prisão, disse: "Cada forçado é irmão de vocês e meu filho. Enganando o Estado, vocês estão prejudicando os seus irmãos e os meus filhos". Os colonos concordaram com ele, mas via-se pela expressão de seus rostos que no ano seguinte o irmão e o filho tornariam a comer peixe fedorento. [XVIII]

Em outra isbá observei a seguinte cena: um jovem forçado, um moreno de rosto insolitamente triste, metido numa elegante blusa, senta-se à mesa, apoiando a cabeça na mão, a forçada dona de casa tira o samovar e as xícaras da mesa. Quando lhe pergunto se é casado ou não, o jovem responde que a mulher e a filhinha vieram com ele a Sacalina voluntariamente, mas já estava fazendo dois meses que ela tinha ido a Nikoláievsk com a criança e não voltava, apesar de ele já lhe ter mandado alguns telegramas. "E não há de voltar", diz a dona de casa com uma alegria perniciosa. "O que ela vai ficar fazendo aqui? Por acaso já não deu para ela ver a sua Sacalina? Pensa que é fácil?" Ele permanece calado e ela retoma: "E não há de voltar. É moça nova, livre: o que ganha com isso? Saiu voando feito passarinho e não dá sinal de vida. Não é como eu e você. Se eu não tivesse matado o meu marido, se você não fosse um incendiário, nós também estaríamos livres, enquanto agora você se deixa ficar sentado aí, olhando para o teto, à espera da mulherzinha, e com o coração sangrando...". Ele sofre, parece ter um peso no peito, e ela continua a repreendê-lo; saio da isbá e sua voz ainda se faz ouvir. [VII]

Em Derbínskoie, no dia 25 de agosto, assisti à pesca destinada à prisão. A chuva, que caía fazia vários dias, dera à paisagem um aspecto desolado; era difícil caminhar na margem escorregadia. Primeiro entramos num depósito onde 16 deportados, orientados por Vassílenko, um ex-pescador de Taganrog, salgavam o pescado. Já tinham sido salgadas 150 barricas, cerca de duas mil arrobas. A impressão era que, se não fosse Vassílenko, ninguém saberia como lidar com o peixe. Do depósito uma ladeira descia até a margem, onde seis deportados com facões bem afiados destripavam o peixe, jogando as entranhas no rio, cuja água tornava-se vermelha e turva. Um forte cheiro de peixe e de restos, misturados ao cheiro do sangue, impregnava o ar. [XVIII]

Como são alimentados os detentos? Não há mesas. Por volta do meio-dia dirigem-se em fila para um prédio, ou barracão, onde se localiza a cozinha, como a um guichê de passagens de trem. Todos trazem alguma vasilha nas mãos. A essa hora a sopa costuma já estar pronta e requentada, nos caldeirões tampados. O rancheiro, usando uma espécie de concha com um cabo comprido de madeira, tira a porção da marmita e despeja na vasilha, sendo que a cada vez ele pode tirar tanto dois pedaços de carne como nenhum, conforme lhe dá na telha. Quando finalmente os últimos da fila chegam, a sopa, no fundo do caldeirão, já se transformou num resto denso e morno que é diluído com água[1]. Recebidas as rações, os detentos retiram-se; uns comem em pé, outros sentados no chão, outros ainda nas tarimbas das celas. [XIX]

---

1. Nesse ponto há uma nota que foi inserida sob o título "Numerar", à p. 78. (N. do O.)

Inserir-se na cena

REFLETIR SOBRE O QUE SE ESTÁ FAZENDO

Ter presente que quem faz a pesquisa e observa é por sua vez objeto de observação.

– Atenção! Sentido! – ecoa o berro do carcereiro. Entramos na cela. O recinto parece espaçoso, com uma capacidade de duzentas braças cúbicas. Bastante luz, janelas abertas. As paredes não caiadas, rústicas, com estopa entre as traves de madeira, são escuras; somente as estufas holandesas são brancas. O piso é de madeira não envernizada, absolutamente seco.

No centro da cela, em todo o seu comprimento, estende-se uma tarimba, com uma inclinação em ambos os lados; os detentos dormem em duas filas e as cabeceiras de uma fila ficam viradas para as da outra. Os lugares para os detentos não são numerados, não se diferenciam em nada um do outro e por isso podem acomodar-se na tarimba tanto 70 quanto 170 pessoas. Não há nem sombra de colchões. Dormem sobre a madeira dura ou então em cima de velhos sacos esfarrapados, roupas e toda sorte de trapos de aspecto deveras repugnante. Nas tarimbas estão espalhados gorros, pedaços de pão, garrafas de leite vazias arrolhadas com papel ou com trapo, formas para botas; embaixo das tarimbas, baús, sacos asquerosos, pacotes, instrumentos e toda uma variedade de quinquilharias. Em meio a essa bagunça passeia uma gata bem nutrida. Nas paredes há roupas, caldeirões, utensílios; nas prateleiras, bules de chá, pão, caixinhas para guardar coisas.

[...] Caminhamos de chapéu na cabeça por entre as tarimbas, e os prisioneiros, em posição de sentido, olham-nos em silêncio. Nós também mantemos silêncio e olhamos para eles, e parece que viemos aqui para comprá-los. [v]

Existe aqui uma vendinha, pertencente a um sargento-mor da reserva, que antes foi carcereiro no distrito de Týmovo; vende secos e molhados. Há desde sardinhas até braceletes de cobre. Quando entrei na venda, o sargento-mor tomou-me, provavelmente, por um funcionário muito importante, pois, de repente, sem mais nem menos, contou-me ter se metido anos antes num negócio escuso, mas ter sido absolvido, e pôs-se a mostrar-me açodadamente diversos atestados de boas referências, entre os quais uma carta de um certo senhor Chneider, que, se bem me lembro, terminava com a seguinte frase: "Quando o tempo esquentar, ferva a neve derretida". Depois, querendo provar que não devia nada a ninguém, o sargento-mor pôs-se a vasculhar a papelada, procurando sabe-se lá que recibos, sem encontrá-los, e eu saí da venda levando comigo a convicção de sua total inocência e uma libra de simples balas caseiras, pelas quais, entretanto, ele me arrancou meio rublo. [XIII]

REVELAR AS PRÓPRIAS EMOÇÕES

Ao se descrever um episódio do qual se tomou parte, descrever os sentimentos experimentados.

Como o açoitamento é aplicado, eu pude ver em Due. O vadio Prokhorov, também chamado Mýlnikov, homem de seus 35, 40 anos, tinha fugido da prisão de Voevodsk e, numa pequena jangada construída por ele mesmo, navegado até o continente. Na costa, entretanto, tinham percebido a tempo e mandado uma lancha atrás dele para prendê-lo. Iniciado o processo por evasão, deram uma espiada numa lista oficial e de repente descobriram que o tal Prokhorov não era outro senão Mýlnikov, condenado no ano anterior pela morte de um cossaco e de suas duas netinhas pelo tribunal do distrito de Khabarovsk a noventa chicotadas e ao acorrentamento à carriola, e que, por descuido, a pena não tinha sido aplicada. Se Prokhorov não tivesse tido a idéia de fugir, provavelmente o erro não teria sido notado e tudo acabaria sem chicotadas e sem acorrentamento; mas agora não havia saída para ele. No dia estabelecido, 13 de agosto, pela manhã, o inspetor da prisão, o médico e eu dirigimo-nos à chancelaria; Prokhorov, obedecendo às ordens dadas na véspera, estava sentado no pátio em companhia de um carcereiro, sem saber o que o aguardava. Quando nos viu, levantou-se, percebeu provavelmente do que se tratava e ficou muito pálido.

– À chancelaria! – ordenou o inspetor.

Entraram na chancelaria. Conduziram Prokhorov até lá. O médico, um jovem alemão, ordenou-lhe que se despisse e auscultou-lhe o coração para calcular *quantas* chicotadas o condenado poderia agüentar. Ele resolveu a questão num átimo e depois, com ar profissional, sentou-se para escrever o laudo do exame.

– Ah, coitado! – diz em tom lamentoso e com forte sotaque alemão, molhando a pena no tinteiro. – Deve ser duro ficar acorrentado! Tente pedir ao senhor carcereiro, quem sabe ele o solta.

Prokhorov permanece em silêncio; seus lábios estão brancos e tremem.

– Não vai adiantar! – desabafa o médico. – Não vai adiantar nada! Na Rússia as pessoas são tão desconfiadas! Ah, coitado, coitado!

Pronto o laudo, ele é anexado ao processo por evasão. Daí, um momento de silêncio. O escrivão escreve, o médico e o inspetor da prisão escrevem... Prokhorov provavelmente ainda não sabe por que foi convocado: se foi por causa da fuga, ou do tal negócio do passado, ou de ambos... A incerteza atormenta-o.

– Com o que você sonhou esta noite? – pergunta finalmente o inspetor.

– Não lembro, Excelência.

— Então, escute — diz o inspetor, com os olhos pregados na lista oficial. — No dia tal do ano tal o tribunal do distrito de Khabarovsk condenou-o a noventa chicotadas pelo homicídio daquele cossaco... Sendo assim, vamos aplicá-las hoje.

E, dando um tapinha na testa do condenado, o inspetor diz sentenciosamente:

— E tudo por quê? Porque você se julga muito esperto, seu cabeçudo! Vocês fogem, achando que será melhor, mas o pior vem depois.

Dirigimo-nos todos às "dependências dos carcereiros", num edifício velho e cinza, uma espécie de barracão. O enfermeiro militar que está à porta pergunta com voz suplicante, como se pedisse esmola:

— Vossa Excelência me permite assistir ao açoitamento?

No centro do recinto há um banco com aberturas para prender as mãos e os pés. O carrasco Tolstykh, homem alto e robusto, com uma compleição de halterofilista de circo, sem sobrecasaca, o colete desabotoado[1], faz um aceno de cabeça a Prokhorov, que se deita em silêncio. Sem pressa e também em silêncio, Tolstykh abaixa-lhe as calças até os joelhos e começa a prender-lhe vagarosamente os pés e as mãos no banco. O inspetor olha pela janela com ar indiferente, o médico anda de um lado para o outro. Tem nas mãos uma poção qualquer.

— Quer um copo de água? — pergunta ele.

— Pelo amor de Deus, Excelência.

Finalmente Prokhorov está preso. O carrasco pega o açoite de três tiras de couro e, sem nenhuma pressa, endireita-o.

— Agüente firme! — fala em voz baixa e, sem brandi-lo, como se fosse para ensaiar, aplica a primeira chicotada.

— U-um! — diz o carcereiro com uma voz de diácono.

Num primeiro instante, Prokhorov permanece calado e a expressão de seu rosto não muda; daí seu corpo é percorrido por um espasmo de dor e ouve-se não um grito, mas um ganido.

---

[1]. Ele fora condenado aos trabalhos forçados, por ter decepado a cabeça da mulher.

– Dois! – grita o carcereiro.

O carrasco permanece de lado e desfere o golpe de modo que o açoite bata no corpo transversalmente. A cada cinco chicotadas, ele muda de lado e faz um intervalo de meio minuto. Os cabelos de Prokhorov estão grudados na testa, o pescoço inchou; já depois do quinto, do décimo golpe, o corpo, cheio de cicatrizes das chicotadas anteriores, ficou arroxeado, lívido; a pele arrebenta a cada golpe.

– Excelência! – ouve-se em meio ao choro e aos ganidos. – Excelência! Poupe-me, Excelência!

Em seguida, depois de vinte, trinta golpes, Prokhorov lamenta-se como um bêbado ou como se delirasse:

– Eu sou um infeliz, sou um homem morto... Por que estão me punindo assim?

E eis que ocorrem uma estranha distensão do pescoço, ruídos de vômito... Prokhorov não pronuncia nenhuma palavra, só mugidos e resmungos; parece que desde o início da punição transcorreu uma eternidade, mas o carcereiro continua a berrar: "Quarenta e dois! Quarenta e três!". Até noventa falta muito. Saio ao ar livre. Na rua reina o silêncio, e tenho a impressão de que os gemidos que saem daquela sala atravessam Due. Um forçado com trajes de homem livre acabou de passar por aqui, deu uma rápida olhada para o edifício, e em seu rosto e até mesmo em seu andar manifestou-se o medo. Torno a entrar e depois torno a sair, enquanto o carcereiro continua a contar.

Finalmente chega a noventa. Soltam rapidamente os pés e as mãos de Prokhorov e ajudam-no a levantar-se. Seu corpo ficou todo roxo-azulado de equimoses e hematomas. Seus dentes batem, a cara está amarela, molhada, os olhos arregalados. Quando lhe dão a poção, morde convulsivamente a borda do copo... Derramaram-lhe água na cabeça e foi conduzido ao posto policial.

– Isso foi pelo homicídio, pela evasão será feito em separado – explicam-me no caminho de volta.

– Adoro assistir quando são punidos! – diz alegremente o enfermeiro militar, todo feliz por ter se deleitado com aquele espetáculo abominável. – Adoro! Não passam de patifes, de canalhas... Merecem a forca! [XXI]

APRESENTAR OS DADOS DO RECENSEAMENTO

A importância de um recenseamento reside nas impressões reportadas durante sua execução; um bom modo de apresentar os resultados obtidos é contar como ele foi realizado.

Ia sozinho de isbá em isbá; de vez em quando era acompanhado por algum forçado ou colono que, não sabendo o que fazer, assumia o papel de guia. Às vezes, logo atrás ou a certa distância, um guarda armado seguia-me como uma sombra. Fora mandado para o caso de eu precisar algum esclarecimento. Quando lhe fazia qualquer pergunta, sua testa cobria-se imediatamente de suor e ele respondia: "Como vou saber, Excelência?". Geralmente, meu companheiro de estrada, descalço e de cabeça descoberta, com o meu tinteiro na mão, saía correndo à frente, abria ruidosamente a porta e, na soleira, conseguia cochichar alguma coisa ao dono da casa: provavelmente, suas próprias suposições sobre o meu recenseamento.

[...] A população dos deportados via em mim uma figura oficial e considerava o recenseamento um daqueles procedimentos formais que por aqui são tão freqüentes e costumam não levar a nada. Além disso, o fato de eu não pertencer ao lugar, não ser um funcionário de Sacalina, despertava certa curiosidade nos colonos. Perguntavam-me:

– Por que está tomando nota de nós todos?

E nisso começavam as várias suposições. Uns diziam que, provavelmente, o comando superior queria distribuir auxílios entre os deportados; outros, que talvez tivessem finalmente decidido transferir todos para o continente – aqui tem-se a mais arraigada convicção de que cedo ou tarde os trabalhos forçados com todos os seus deportados serão transferidos para o conti-

nente –; outros ainda, mostrando-se céticos, diziam não esperar nada de bom, já que até por Deus tinham sido rejeitados, e isso para provocar objeções de minha parte. E do abrigo ou do fogão, como que zombando de todas essas esperanças e conjecturas, vinha uma voz em que se percebiam o cansaço, o tédio e a raiva pelo sossego perturbado:
– E estão sempre escrevendo, sempre escrevendo, sempre escrevendo, Mãe do Céu! [III]

CITAR HISTÓRIAS DE VIDA

Ouvir e colher relatos autobiográficos e publicar um deles, para mostrar como são narrados; mencionar as perguntas e descrever o contexto da narrativa e da conversa.

Acontecia de estar sentado, lendo ou escrevendo qualquer coisa, de repente ouvia um zumbido e uma respiração, e algo pesado revirava-se sob a mesa perto das minhas pernas; olhava e era Egor, descalço, catando papéis embaixo da mesa ou tirando o pó. Deve ter seus quarenta anos e dá a idéia de pessoa canhestra e destrambelhada – um molenga, como dizem –, com uma cara de bonachão, meio bronco à primeira vista, e uma boca larga de bacalhau. É ruivo, tem uma barbicha rala e olhos miúdos. Às perguntas não responde de imediato, mas primeiro olha de esguelha e pergunta: "Que é?", ou: "Quem que és?". Chama respeitosamente de Excelência, mas ao mesmo tempo trata por "tu". Não consegue ficar um minuto sem fazer nada e, aonde quer que vá, sempre encontra o que fazer. Está falando com você e ao mesmo tempo procura com os olhos alguma coisa para limpar ou arrumar. Dorme duas ou três horas por dia, por falta de tempo para dormir. Nos feriados, ele costuma ficar num cruzamento qualquer, de paletó por cima da camisa vermelha, a barriga de fora e as pernas abertas. É isso que se chama "passear".

Aqui, nos trabalhos forçados, ele construiu uma isbá para si, além de fazer baldes, mesas, armários rústicos. Sabe construir qualquer móvel, mas só "para si", ou seja, para suas necessidades pessoais. Nunca brigou com ninguém e nunca apanhou; só uma vez, na infância, levou uma lambada do pai, quando montava guarda na horta, por ter deixado o galo entrar.

Um dia tivemos em casa a seguinte conversa:
— Por que você foi mandado para cá?
— Que é que estás dizendo, Excelência?
— Por que foi mandado para Sacalina?
— Por homicídio.
— Conte-me tudo desde o começo.

Egor plantou-se na entrada, pôs as mãos atrás das costas e começou[2]. [VI]

---

2. A história da vida de Egor, com as perguntas de Tchékhov, ocupa todo o capítulo VI de *A ilha de Sacalina*. (N. do O.)

Conselhos de escrita

PENSAR EM UM QUADRO

Imaginar estar pintando um quadro, com detalhes e cores.

Se um pintor paisagista calhar de vir a Sacalina, recomendo à sua atenção o vale de Arkovo. O lugar, além da beleza de sua localização, é extremamente rico de cores, a ponto de ser difícil evitar a desgastada comparação com um tapete multicolorido ou um caleidoscópio. Uma densa e suculenta vegetação, com bardanas gigantes que reluzem por causa da chuva que acabou de cair, e ali perto, num campo que não supera as três braças, verdeja o centeio, em seguida uma nesga com cevada, e adiante há mais bardanas, e atrás delas um trecho de terra com aveia, depois um canteiro de batatas, dois girassóis altos e cabisbaixos, daí, em forma de cunha, vem uma plantação de linho de um verde intenso, aqui e acolá ergue-se altaneira uma umbelífera semelhante a um candelabro, e por toda essa variedade de cores espalham-se, do vermelho claro ao carmim, as manchinhas das papoulas. Pelo caminho encontram-se mulheres que, para se abrigar da chuva, cobrem a cabeça com enormes folhas de bardana e por isso parecem besouros verdes. E dos lados há montanhas, que, embora não sejam as do Cáucaso, não deixam de ser montanhas. [VIII]

[B., comandante do distrito,] é de origem ucraniana, um ex-estudante de Direito. É moço; ainda não passou dos quarenta, a idade média para um funcionário de Sacalina. Os tempos mudaram; agora nas repartições da deportação russa é mais freqüente encontrar um funcionário jovem do que um velho e se, suponhamos, um pintor tivesse de representar o açoitamento de um vadio qualquer, em seu quadro o lugar do tradicional capitão bêbado, um velho de nariz avermelhado, seria ocupado por um moço instruído com uniforme novinho em folha. [XII]

RECORRER À AJUDA DE FOTOGRAFIAS

Ao descrever um lugar, uma situação ou uma personagem, ter uma fotografia sob os olhos.

Aconteceu-me ver condenados já não tão jovens que na presença de estranhos escondiam as correntes nas dobras da roupa; tenho uma fotografia de um grupo de deportados de Due e de Voevodsk em missão de trabalho, e a maior parte dos acorrentados posou de modo a não deixar as correntes aparecerem na fotografia. [XXI]

CITAR DIÁLOGOS

Narrar uma conversa, usando o discurso direto.

A coisa aconteceu ao anoitecer. Os dois *guiliaki*, um de barbicha, o outro com um rosto rechonchudo de mulher, estavam deitados na relva diante da isbá de um colono. Eu estava passando por ali. Pediram para me aproximar e começaram a implorar que entrasse na isbá para pegar o casaco deles, que de manhã cedo tinham deixado ali; isso eles não ousavam fazer. Disse-lhes que eu também não tinha o direito de entrar na isbá, na ausência do dono da casa. Permaneceram calados.

— Você é pulítico (ou seja, político)? – perguntou-me o *guiliak* com rosto de mulher.

— Não.

— Então é um escrevedor (ou seja, escrivão)? – perguntou, vendo o papel que tinha em mãos.

— Sim, eu escrevo.
— E quanto ganha de salário?
Eu ganhava cerca de trezentos rublos por mês. E foi o que respondi. Era preciso ver que impressão desagradável, até mesmo dolorosa, produziu a minha resposta. Ambos seguraram as próprias barrigas e, dobrando-se em dois, começaram a resmungar como que presas de uma forte dor de estômago. O desespero transparecia em seus rostos.
— Ah, como você pode falar uma coisa dessa? — ouvi dizer.
— Como você pôde falar coisa tão feia? Assim não dá! Não deve falar assim!
— Mas o que foi que eu disse de feio? — perguntei.
— Butakov, o comandante do distrito, homem importante, recebe duzentos, e você, que nem comandante é, um escrevedor, recebe trezentos! Assim não dá! Não deve falar assim!
Tentei explicar-lhes que o comandante do distrito, embora seja um homem importante, permanece sempre no mesmo lugar e por isso recebe só duzentos, ao passo que eu, embora não passe de um escrevedor, vim de longe, percorri mais de mil verstas, tenho mais despesas do que Butakov e por isso preciso de mais dinheiro. Isso acalmou os *guiliaki*. Trocaram olhares, conversaram um pouco em sua própria língua e pararam de se queixar. Pelos seus rostos via-se que tinham me dado crédito.
— É verdade, é verdade... — disse com vivacidade o *guiliak* de barbicha. — Está bem. Pode ir.
— É verdade — anuiu o outro. — Vá. [XI]

CITAR CONTOS

Ao relatar histórias ouvidas de outros, deixar falar o narrador, ou alternar a própria voz com a dele.

Na véspera da execução, o condenado é assistido noite e dia por um sacerdote. A assistência consiste em confessá-lo e conversar com ele. Um padre contou-me a seguinte história:

— No início de minhas atividades aqui, quando tinha apenas 25 anos, devia dar assistência na prisão de Voevodsk a dois condenados à forca: tinham assassinado um colono, por um rublo e quarenta copeques. Entrei na cela deles e, por falta de experiência, fiz papel de poltrão; mandei deixar a porta aberta e pedi ao carcereiro que não se afastasse. E eles me disseram:
— Não tenha medo, paizinho, não vamos matá-lo. Queira sentar-se.
Pergunto onde. Indicam-me a tarimba. Estava prestes a sentar numa tina de água e daí, recuperando a coragem, sentei-me na tarimba entre os dois assassinos. Perguntei de que província eles vinham e outras coisas assim, depois comecei a confessá-los. Somente na hora da confissão, olho para fora e vejo trazerem os paus da forca e outros apetrechos para esse fim.
— O que é isso? — perguntam os detentos.
— Isso — digo-lhes — deve ser para o carcereiro construir alguma coisa.
— Não, paizinho, isso é para enforcar a gente. Não podíamos tomar um trago de vodka, paizinho?
— Não sei — respondo —, vou perguntar.
Fui ter com o coronel L. e disse-lhe que os condenados queriam beber. Ele me deu uma garrafa e, para evitar falatórios, mandou afastar a sentinela. Arrumei um copo e voltei à cela dos condenados. Enchi o copo.
— Não, paizinho, primeiro o senhor, senão a gente não bebe.
Tive de esvaziar o copo e sem nada para lambiscar.
— Ora, a vodca clareia as idéias — dizem.
Depois disso, continuei a confissão. Conversei com eles por mais uma hora. De repente, uma ordem:
— Conduzir para fora!
Depois do enforcamento, passei muito tempo com medo de entrar em lugar escuro. [XXI]
Era uma manhã de outubro, cinzenta, fria, escura. Os sentenciados têm os rostos amarelos de medo e os cabelos eriçados na cabeça. O funcionário lê a sentença, treme de emoção e reclama que não dá para enxergar direito. O sacerdote, com a casula

preta, estende aos nove homens o crucifixo a ser beijado e sussurra, dirigindo-se ao comandante do distrito:
— Pelo amor de Deus, deixe-me ir, eu não consigo...
O procedimento é demorado: cada um deve ser envolvido em sua mortalha e conduzido ao patíbulo. Quando finalmente os nove homens foram enforcados, o que se viu, pendendo no ar, foi uma "verdadeira guirlanda", como me disse o comandante do distrito, ao narrar a execução. Quando os corpos foram descidos da forca, os médicos constataram que um deles ainda estava vivo. Essa circunstância tinha um significado especial: na prisão, onde se conhecem os segredos de todos os crimes praticados por seus habitantes, todos, inclusive o carrasco e seus ajudantes, sabiam que o sobrevivente não era culpado do crime pelo qual o enforcaram.
— Foi enforcado outra vez — disse o comandante do distrito concluindo seu relato. — Depois passei um mês inteiro sem poder dormir. [XXI]

CONFRONTAR PASSADO E PRESENTE

Descrever um lugar, lembrando como era há algum tempo e como se transformou, utilizando descrições de viajantes e reminiscências dos habitantes.

Deve-se ler a descrição que Poliakov faz do vale de Aleksandrovsk e dar uma olhada nele hoje, ainda que rápida, para compreender a quantidade de trabalho duro, efetivamente forçado, que já foi realizado para civilizar esse lugar. "Do alto das montanhas vizinhas" — escreve Poliakov — "o vale de Aleksandrovsk parece empestado, selvagem, coberto de mato... Uma imensa floresta de coníferas ocupa considerável extensão no fundo do vale." Descreve os paludes, os pantanais impenetráveis, o terreno acidentado e as florestas, onde, "além das árvores gigantescas que se apóiam nas próprias raízes, alastram-se amiúde pelo terreno enormes troncos meio apodrecidos, derrubados pela velhice ou pelas tempestades; entre os troncos próximos das raízes das árvores quase sempre sobressaem cômoros cobertos de musgo, e ao lado deles buracos e barrancos". Hoje em dia, no lugar da taiga, dos terrenos lamacentos e dos buracos surge toda uma cidade, estradas foram abertas, vicejam os prados, os campos de centeio e as hortas, e já há quem se queixe da escassez de florestas. [...]

Posto Aleksandrovsk foi fundado em 1881. Um funcionário que vive há dez anos em Sacalina contou-me que, ao chegar pela primeira vez a Aleksandrovsk, por pouco não foi engolido pelo lodaçal. O monge Irákli, que morou em Aleksandrovsk até 1886, contava que no começo havia apenas três casas e que, na pequena caserna, ocupada atualmente pelos músicos, ficava a prisão. Pelas ruas despontavam cepos de árvore. No lugar onde hoje fica a fábrica de tijolos, em 1882 caçavam-se zibelinas. À guisa de igreja, ofereceram ao monge uma casinha da guarda, mas ele recusou, alegando como desculpa a exigüidade do espaço. Nos dias de tempo bom celebrava o ofício na praça; nos outros dias, na caserna ou onde calhasse, e rezava somente a missa matutina.

– Celebrava-se – contava ele – em meio ao tilintar das correntes, ao barulho, ao calor da caldeira. Aqui "a glória da sagrada figura", e ali perto "vá tomar...".

[...] As várias construções, a remoção e o saneamento do terreno foram executados pelos forçados. Até 1888, enquanto não terminavam de construir a atual prisão, viviam em iurtas de terra. Tratava-se de armações, enterradas cerca de dois, dois *archin* e meio, com telhados de duas águas feitos de terra. As janelas eram pequenas, estreitas, no nível do solo; era escuro, principalmente no inverno, quando a neve cobria as tendas. [...] Atualmente Aleksandrovsk ocupa uma área de cerca de duas verstas quadradas [...]. As ruas têm calçadas de madeira, por toda parte reinam a ordem e a limpeza, e nem mesmo nas vias mais periféricas, onde os pobres vivem amontoados, há poças de lama e montes de lixo. [IV]

COMPARAR LUGARES DESCONHECIDOS A OUTROS CONHECIDOS

Fazer com que o leitor possa imaginar um lugar que não conhece.

A região norte de Sacalina, cortada pela linha das terras eternamente geladas, corresponde, por sua posição geográfica, à província de Riazan, no sul da Criméia. A ilha tem novecentas verstas de comprimento; a largura máxima é de 125 verstas, a mínima, de 25. É duas vezes maior que a Grécia e uma vez e meia maior que a Dinamarca. [II]

O rio Dúika, ou Aleksándrovka, como era chamado, atingia, quando explorado em 1881 pelo zoólogo Poliakov, cerca de dez braças de largura em seu curso inferior; em suas margens amontoavam-se enormes quantidades de árvores, que tinham caído na água; a baixada era coberta em vários pontos por um antiga floresta de epíceas, lariços, bétulas e salgueiros, todos rodeados pelo intransponível pantanal de lama. Atualmente esse rio tem a aparência de um charco estreito e comprido. Pelas margens largas, completamente despidas, e pelo fluir lento, lembra o Canal de Moscou. [IV]

Por fora, Kórsakov assemelha-se extraordinariamente a uma boa aldeia russa e, além de ser isolada, ainda não foi contaminada pela civilização. Estive ali pela primeira vez num domingo depois do almoço. Fazia um tempo cálido e ameno, sentia-se que era dia de festa. Os homens sentavam-se à sombra ou tomavam chá; no portão ou embaixo das janelas as mulheres catavam piolhos uma na cabeça da outra. Nos jardinzinhos diante das casas e nas hortas há flores, e gerânios nas janelas. Muitas crianças, todas na rua, brincam de soldado ou de cavalo e fazem algazarra com cachorros bem nutridos, que prefeririam estar dormindo. [VII]

DECIDIR SE COLOCAR NOMES E SOBRENOMES

Indicar as pessoas pelo nome e sobrenome, mas em caso de dúvida colocar as iniciais.

No dia seguinte fui visitar o comandante da ilha, V. O. Kononóvitch. Apesar do cansaço e da falta de tempo, o general recebeu-me com muita cordialidade e conversamos cerca de uma hora. [II]

— Permita que me apresente — disse-me o funcionário. — Sou o registrador colegial D.

E esse foi o primeiro conhecimento que travei em Sacalina, um poeta, autor de "Sakhalinó", um poema denunciativo que começava assim: "Diga lá, doutor, pois não foi em vão...". Depois disso veio amiúde ter comigo e passeamos juntos por Aleksandrovsk e vizinhanças, enquanto ele me contava anedotas ou lia sem parar obras de sua própria autoria. Nas longas noites de inverno escreve novelas liberais, mas em todos os casos prefere deixar claro que é um registrador colegial e ocupa um cargo de décimo escalão: quando uma mulher do povoado, que fora procurá-lo para resolver um assunto, dirigiu-se a ele como "senhor D.", ofendeu-se e gritou-lhe aborrecido: "Eu para você não sou o senhor D., mas Vossa Senhoria!". [II]

ESCREVER SUMÁRIOS DOS CAPÍTULOS

Pode ser útil iniciar cada capítulo com sumários detalhados dos assuntos.

Capítulo III. O recenseamento. O conteúdo dos formulários estatísticos. O que perguntava e o que me era respondido. A opinião dos deportados sobre o recenseamento.

Capítulo XXII. Os fugitivos em Sacalina. Causas da evasão. Constituição dos fugitivos de acordo com a proveniência, a classe etc.

Últimas coisas

PENSAR ONDE PUBLICAR

O meu *Sacalina* é um trabalho acadêmico, que me fará receber o prêmio do metropolita Makári. Agora a medicina não pode me repreender por traí-la: dei a devida contribuição à erudição e ao que os velhos escritores chamavam pedantismo. E estou contente por ter pendurado no meu guarda-roupa literário esse rústico gabão de encarcerado. Que seja! Publicar *Sacalina* numa revista é certamente impossível, não é o tipo de trabalho para isso, mas acho que um livro poderia ser de alguma utilidade.

A Aleksei Suvórin,
2 de janeiro de 1894

PENSAR COMO COMEMORAR

Ilustríssimo Iákov Alekséievitch! Tinha um plano para quando o meu *Sacalina* fosse lançado: apresentar-me a você e oferecer-lhe o referido livrinho com a respectiva dedicatória. Tomando a carruagem para ir à estação, ou seja, bem no início da minha viagem, você me obrigou a beber o "traguinho do estribo": três doses de Santorino; seguindo seus cordiais augúrios, elas me fizeram muito bem, já que a viagem foi feliz.

A Jakov Korniéiev,
27 de março de 1894

PENSAR NA PRÓXIMA VIAGEM

Já tenho um plano. No dia 20, 22 de julho vou a Taganrog examinar meu tio, que está gravemente enfermo e faz questão da minha ajuda. É uma ótima pessoa, e recusar seria inconveniente, mesmo sabendo que essa ajuda é inútil. Passarei um, dois, três dias, tomarei banhos de mar, irei ao cemitério local, e então voltarei a Moscou; ali, depois de terminar o meu *Sacalina* e dar graças a Deus, hei de me declarar livre, pronto para partir para onde me aprouver.

A ALEKSEI SUVÓRIN,
11 de julho de 1894

Apêndice

UM MÉDICO NO INFERNO
Piero Brunello

PREPARATIVOS

Aos trinta anos Anton Tchékhov começava a ser um escritor de sucesso. Ainda não tinha composto *Tio Vânia* e as outras obras teatrais que o tornariam famoso, mas seu primeiro drama, *Ivánov*, tinha sido bem acolhido pelo público. Recebera o prestigioso prêmio Púchkin com um livro de contos, e autores consagrados deram-se conta de sua existência. Dmítri Grigoróvitch, que quarenta anos antes descobrira Dostoiévski, tinha-lhe escrito uma carta de profunda estima[1]. Tolstói, já célebre por *Guerra e paz* e *Anna Kariênina*, lia as coisas dele e anotava em seu diário: dali a poucos anos seriam amigos, apesar da diferença de idade[2]. Jovens mulheres de Petersburgo, que sonhavam tornarem-se escritoras, faziam-lhe convites para jantar[3]. Foi nesse período que Tchékhov empreendeu uma viagem a Sacalina, a ilha dos deportados para o ponto extremo leste do império tsarista.

Começou a programar a pesquisa. Leu livros de viagem, entre os seus preferidos. Apreciava muito o relato da expedição de

---

1. Cf. resposta de Tchékhov a Dmítri Grigoróvitch, datada de 28 de março de 1886, em Anton Tchékhov, *Cartas para uma poética* (org. e trad. do russo de Sophia Angelides, São Paulo, Edusp, 1995), pp. 47-9. (N. do T.)
2. Cf. anotações de 15 e 17 de março de 1889, em Lev Tolstói, *I diari* (Milão, Garzanti, 1997), p. 281.
3. Cf. Lídia Avílova, *Cechov nella mia vita* (Milão, Lerici, 1960), p. 8.

Charles Darwin ao redor do mundo; desde jovem apaixonara-se pela *Fragata Pallada*, em que Gontcharov narrava a viagem a partir de Petersburgo, através do oceano Atlântico e do Índico, ao Ceilão, Japão, extremo oriente da Rússia, e dali o regresso por terra, através da Sibéria. Para dar certo ordenamento às leituras, compilou uma lista de publicações sobre tudo o que tinha a ver com a ilha de Sacalina – desde os relatos de exploradores e geógrafos aos estudos de zoologia, botânica, etnografia, mineralogia, geologia, meteorologia. Recolheu, além disso, livros, artigos e estatísticas sobre o sistema penal russo. A Aleksei Suvórin, editor de seus contos, pediu que lhe enviasse mapas cartográficos, atlas e publicações que não encontrava ou custavam caro. À irmã Macha e a uma jovem amiga pediu, mediante remuneração, que copiassem trechos de revistas na Biblioteca de Moscou, e, ao irmão Aleksandr, que pesquisasse nos jornais de Petersburgo. Nas cartas dizia que Sacalina não lhe saía da cabeça. Passava o tempo sentado, lendo e fazendo resumos. Como médico, brincava que tinha contraído uma forma de demência chamada *"Mania Sachalinosa"*[4].

Havia alguns anos Tchékhov tossia e estava doente: "No sangue que sai pela boca há algo de fatídico, como no pôr-do-sol", escrevera a seu editor[5]. Poucos meses antes tinha visto o irmão Nikolai morrer de tuberculose, aos 31 anos. Fora correndo até a casa dele a tempo de carregá-lo no ombro dentro de um caixão aberto, ao som dos sinos, e sepultá-lo num cemitério do campo[6]. Ninguém entendia por que pretendia fazer essa viagem. Ora dizia que desejava coletar dados sobre a deportação[7], ora que queria mudar de vida por algum tempo[8], ou então que pretendia fazer a

---

4. Anton Tchékhov a Aleksei Plechtchéiev, 15 de fevereiro de 1890.
5. Anton Tchékhov a Aleksei Suvórin, 14 de outubro de 1888.
6. Anton Tchékhov a Mikhail Diukóvski, 24 de junho de 1889.
7. Anton Tchékhov a S. Filíppov, 2 de fevereiro de 1890.
8. Anton Tchékhov a Ivan Leóntiev Chtcheglov, 22 de março de 1890.

tese de doutorado em medicina, que não chegara a terminar[9]. À espera de que se dissolvessem os gelos na primavera, escreveu algumas páginas sobre a história das explorações, sobre a geografia e o clima de Sacalina. Sonhava navegar pelos rios a bordo de um vapor e correr pelas estepes numa carruagem a cavalos[10]. Nikolai Prjeválski, célebre explorador russo da Ásia Central que desejara ser sepultado num deserto, e Stanley, que tinha encontrado Livingstone perdido na África desconhecida, eram a seus olhos heróis que tinham dado um significado às próprias vidas[11]. A uma jovem amiga de vinte anos recomendou em tom de brincadeira que se lembrasse dele se durante a viagem acabasse morto pelos ursos ou por um vagabundo – eventualidade em que muitos pensavam ao ouvir falar em Sibéria[12].

POLÊMICAS

Tchékhov era atacado pelos críticos liberais, em primeiro lugar pela velha geração dos populistas, que não o perdoavam por escrever para *Nóvoie Vriémia*, um periódico reacionário do editor Suvórin. Reconheciam-lhe o talento, mas censuravam-no por

---

9. Anton Tchékhov a Aleksei Suvórin, 9 de março de 1890.
10. Anton Tchékhov a Aleksei Suvórin, 17 de fevereiro de 1890.
11. Anton Tchékhov, "Nikolai Mikháilovitch Prjeválski", artigo anônimo publicado no periódico *Nóvoie Vriémia* (*Tempo Novo*), de 26 de outubro de 1888, atribuído a Tchékhov com base em uma carta a E. Lintvariov, de 27 de outubro de 1888. As proezas do explorador russo eram acompanhadas até fora da Rússia; Kropótkin escrevia sobre elas para o *Times*, com base nas resenhas publicadas no *Boletim da Sociedade Geográfica Russa*. Cf. Piotr Kropótkin, *Memorie di un rivoluzionario* (Milão, Feltrinelli, 1969), p. 281.
12. Anton Tchékhov a Natália Lintvariova, 5 de março de 1890. Um exemplo das conversas a respeito de Sacalina nos ambientes dos oficiais e funcionários russos em Howard B. Douglas, *The life with trans-Siberian savages* (Londres, Longmans, 1893), pp. 1-19.

desperdiçá-lo em contos curtos. Segundo eles, o conto curto dispensava uma atenção episódica à vida das personagens e nenhum interesse por seus destinos. Narrativas de poucas páginas podiam contar apenas acontecimentos banais, bisbilhotices do cotidiano, história de indivíduos desprovidos daquela dignidade que advém da luta por uma sociedade mais justa. Pequenos fatos e horizontes limitados não poderiam jamais substituir visões nobres e grandes expectativas: em outras palavras, o conto curto era o símbolo do abandono dos programas políticos e sociais que a literatura deveria perseguir. Admitiam que escritores como Tchékhov sabiam desenhar – quase fotografar – personagens e cenas com rápidas pinceladas e que sabiam fazer isso com vivacidade: mas também passavam facilmente de uma impressão para outra, sem nada que unificasse os temas das histórias, exceto o fato de pertencerem todos ao mesmo ambiente. O tom destacado do escritor, com base no modelo do naturalismo francês, parecia sinal de indiferença moral e ideológica. Tchékhov – deploravam esses críticos – descrevia com a mesma ênfase suas personagens quando tomavam champanha e quando estavam trancafiadas sem motivo na prisão. Nikolai Mikhailóvski, expoente do populismo legal, naquele período ainda no início, acusou-o de falta de ideais, aliás, de idealizar faltas de ideais. Tchékhov representava o tédio da década de 1880, tão distante das esperanças e das lutas que vinte anos antes tinham levado uma geração de revolucionários a enfrentar a prisão, o exílio, os trabalhos forçados. Seus contos – escreveu Mikhailóvski – eram "desumanos": fria sua escrita, frios os seus leitores[13].

O escritor Vladímir Korolienko, poucos anos mais velho que Tchékhov, conhecera a deportação na Sibéria, voltara à liberda-

---

13. Cf. Henry Urbanski, *Chekhov as viewed by his Russian contemporaries* (Wroclaw, Wroclaw University Press, 1979); em particular sobre Mikhailóvski, cf. James H. Billington, *Mikhailovsky and Russian populism* (Oxford, Clarendon Press, 1985). Sobre o periódico de Suvórin, chauvinista e anti-semita, cf. Effie Ambler, *Russian journalism and politics: The career of Aleksei S. Suvorin 1861–1881* (Detroit, Wayne State University Press, 1972).

de e freqüentava o grupo de literatos hostis a Tchékhov. Em 1887 os dois encontraram-se em Moscou e do encontro nasceu uma simpatia e uma estima recíproca. Korolienko teve a impressão de ter a sua frente um homem honesto, leal e com senso de humor. Tchékhov escreveu-lhe que estava feliz por tê-lo conhecido, e acrescentou:

> Entre todos os russos que escrevem sou o mais frívolo e o menos sério. Não gozo de bom conceito. Para expressar-me na língua dos poetas, amei minha casta musa, mas sem respeitá-la, e não a deixei de trair e levei-a muitas vezes a lugares que não lhe eram apropriados. Você, sim, é sério, constante e fiel.[14]

No entanto, gostava de pensar "que não somos estranhos um ao outro". Tchékhov apreciara muito o conto "O fugitivo de Sacalina", de Korolienko, no qual deve ter se inspirado, ainda que tivesse notado certas ausências. "Por exemplo", escrevera-lhe com sinceridade, "no seu trabalho falta uma personagem feminina." Korolienko esperava afastar Tchékhov de seu editor reacionário. A conselho dele, Tchékhov mandou o conto "A estepe" à revista de tendências socialistas em que escreviam seus críticos mais severos e onde fora publicado "O fugitivo de Sacalina"[15]. Era sinal de que Tchékhov podia abandonar o mau caminho. Agarrando-se a essa esperança, que em parte se confirmaria, Korolienko tentou fazer com que seus amigos, entre eles Mikhailóvski, aceitassem Tchékhov, mas não conseguiu[16].

---

14. Anton Tchékhov a Vladímir Korolienko, 17 de outubro de 1887.
15. Era a revista *Séverni Viéstnik* (*O Mensageiro do Norte*). Para as revistas russas desse período baseei-me em Alberto Masoero, *Vasilij Pavlovic Voroncov e la cultura economica del populismo russo (1868–1918)* (Milão, Angeli, 1988).
16. Anton Tchékhov a Vladímir Korolienko, 17 de outubro de 1887 e 9 de janeiro de 1888. Trechos do diário de Korolienko referentes a Tchékhov encontram-se em Anton Čechov, *Opere varie*, op. cit., pp. 795-803. Cf. Maurice Comtet, *Vladimir Galaktionovitch Korolenko (1853–1921): L'homme et*

Tchékhov respondeu às críticas com uma carta de outubro de 1888 a Aleksei Plechtchéiev, que publicara o conto "A estepe" em sua revista. Tinham se conhecido um ano antes, e desde então mantiveram relações cordiais. Plechtchéiev, já sexagenário, quando jovem fora condenado à morte: tinha encontrado Dostoiévski diante do pelotão de fuzilamento e dera-lhe o derradeiro abraço; agraciado como ele, recebera uma condenação a dez anos de degredo na Sibéria. Às acusações de indiferença e de falta de idéias políticas, Tchékhov respondeu-lhe que não era liberal nem conservador, que não fazia profissão de progressismo nem de indiferença, que não queria ser outra coisa a não ser "um artista livre". Hipocrisia, obtusidade e arbítrio não reinavam só entre os negociantes ou nas prisões, mas também "na ciência, na literatura, entre os jovens". Não nutria "uma predileção especial nem pelos gendarmes, nem pelos açougueiros, nem pelos cientistas, nem pelos escritores, nem pelos jovens" e considerava todo rótulo um preconceito:

> Meu santuário é o corpo humano, a saúde, a inteligência, o talento, a inspiração, o amor e a liberdade absoluta, a insubordinação à violência e à mentira, onde quer que essas duas últimas se manifestem.[17]

Nos primeiros meses de 1890, um novo artigo publicado na revista liberal *Pensamento Russo* tornou a acusá-lo de ser um es-

---

l'oeuvre, I (tese apresentada à Universidade de Paris em 16 de março de 1974, Lille/Paris, 1975), pp. 291-2. Korolienko esteve deportado na Sibéria de 1879 a 1885. Segundo os críticos, tanto Korolienko quanto Tchékhov representavam os camponeses com realismo, sem idealizá-los, como os populistas gostavam de fazer (*ivi.*, p. 344).

17. Anton Tchékhov a Aleksei Plechtchéiev, 4 de agosto de 1888. Sobre o encontro de ambos, cf. David Magarshack, *Čechov* (Milão, Rizzoli, 1956), pp. 162-3.

critor indiferente às vicissitudes humanas e também às questões sociais e políticas. Tchékhov escreveu uma carta ao autor do artigo, antecipando que só o fazia por não se tratar de rebater as críticas, mas de responder às calúnias, ainda mais que estava deixando a Rússia por muito tempo e não sabia se voltava. Reconhecia nada ter feito pela administração local, pela liberdade de imprensa ou pela liberdade em geral, mas nem mesmo a revista que o criticava tinha feito mais. "Nunca extorqui nada de ninguém", escrevia; "não escrevi libelos nem denúncias, não adulei, não menti, não ofendi." Levava vida retirada, não participava de saraus literários; esforçava-se para ser mais conhecido como médico do que como escritor. Quanto às revistas onde publicar, uma vez tinha escrito a um velho poeta: "Não dá no mesmo se um rouxinol canta empoleirado numa árvore enorme ou num arbusto?"[18]. Dessa vez defendeu-se dizendo ter sempre dado preferência às publicações "que, por motivos materiais ou de outra ordem, tinham maior necessidade dos meus serviços" (e aqui dava como exemplo a revista de Plechtchéiev). Se tivesse tido outra concepção de seus deveres de escritor, poderia ter ganhado mais. "Depois de tudo que tinha acontecido", concluía, "não podiam mais existir entre eles nem mesmo laços de simples e superficial conhecimento"[19].

Essas polêmicas contribuíram para a decisão de realizar uma pesquisa na ilha dos deportados. Tchékhov sentia que muitos discutiam sobre prisão e desterro sem saber em que pé estavam as coisas. Estudos sérios, a seu ver, não existiam, a começar dos relatórios oficiais[20]. Os literatos falavam dos camponeses morando na cidade; quanto aos jornalistas, não dispunham de tempo, nem meios, nem liberdade de ação. "Chega correndo num lugar, fareja, escreve e dá no pé", escreveu em uma carta. Mal remune-

---

18. Anton Tchékhov a Iákov Polónski, 18 de janeiro de 1888.
19. Anton Tchékhov a Vukol Lavrov, 10 de abril de 1890.
20. Anton Tchékhov, "Da Sibéria", VII (18 de maio de 1890). Estudos sobre a deportação na Sibéria não faltavam; talvez Tchékhov se referisse a Sacalina.

rado, o correspondente de um jornal "galopa, galopa, rogando a Deus que não impliquem com ele por suas involuntárias e inevitáveis mentiras"[21].

A Suvórin, que continuava a repetir-lhe que estava prestes a cometer "uma tolice, um desatino, uma extravagância", Tchékhov respondeu que Sacalina "pode ser desnecessária e desinteressante somente para uma sociedade que não deporta para lá milhares de pessoas e não gasta milhões com ela". Antes de mais nada, era possível estudar a colonização por meio de deportados, coisa que no mundo só podia ser feita lá, ou então em Caiena. Além disso, Sacalina era "o lugar dos mais intoleráveis sofrimentos que o ser humano, livre ou forçado, é capaz de suportar":

> deixamos apodrecer milhões de pessoas nas prisões, deixamos apodrecer, sem razão, de maneira bárbara; fizemos pessoas algemadas correr no frio dezenas de milhares de verstas, transmitimos sífilis, corrompemos, multiplicamos os criminosos, e tudo isso nós imputamos aos carcereiros de nariz vermelho.

A culpa – dizia – era de cada um de nós. "Os gloriosos anos 60" – e aqui Tchékhov estava pensando nos velhos revolucionários e em suas críticas – "não fizeram *nada* pelos detentos nem pelos enfermos". E concluía:

> Porém, eu lhe asseguro que Sacalina é necessária e interessa-sa; só se deve lamentar que seja eu a ir para lá e não alguém que entenda mais do assunto e que seja capaz de suscitar interesse na sociedade. Porque eu, pessoalmente, vou lá em busca de ninharias.[22]

Tchékhov também fazia a viagem para refletir sobre a própria vida. Em uma carta a Suvórin, do início de 1889, escreveu ter experimentado um sentimento vivo de liberdade pessoal havia pouco

---

21. Anton Tchékhov a Evgraf Egórov, 11 de dezembro de 1891.
22. Anton Tchékhov a Aleksei Suvórin, 9 de março de 1890.

tempo. Neto de um servo da gleba, fora ajudante na venda do pai, cantor de igreja e depois estudante, "que foi educado para respeitar a hierarquia funcional, para beijar a mão dos popes e para curvar-se às idéias alheias, que agradecia cada pedaço de pão, que foi açoitado muitas vezes". Além disso, "fingia diante de Deus e dos homens", e, de repente, como que "ao acordar numa bela manhã", sentira que em suas veias não corria mais "sangue de escravo"[23].

AS ACUSAÇÕES AO GOVERNO TSARISTA

Enquanto Tchékhov estava pensando no que levar para a viagem, preparava-se em Petersburgo o quarto congresso penitenciário internacional, que se realizaria na cidade durante o verão. Gálkin-Vráski, na chefia da administração geral das prisões, mandara publicar para a ocasião alguns relatórios sobre a atividade do último decênio, dotados de cifras e dados estatísticos. Havia até uma parte relativa a Sacalina, baseada nos resultados de uma pesquisa que, conforme se assegurava, tinha durado um ano. As conclusões do relatório eram muito tranqüilizadoras: o terreno prestava-se à colonização; o clima da ilha, ao menos nas regiões central e sul, era favorável; as experiências de plantio do trigo e de criação de animais podia-se dizer que tinham obtido êxito; nos cinco anos anteriores não tinham ocorrido epidemias; a lenha era abundante nas florestas, assim como o peixe nos rios; entre colonos e deportados a mortalidade era muito baixa, e as crianças nascidas na ilha gozavam de excelente saúde. Quanto ao

---

23. Anton Tchékhov a Aleksei Suvórin, 7 de janeiro de 1889. Tchékhov parece referir-se aqui à própria experiência; poucos dias antes, em 2 de janeiro, tinha escrito ao irmão Aleksandr: "Lembre-se de que o despotismo e a mentira arruinaram a nossa infância de tal modo que a simples recordação dessa época causa asco e horror. Lembre-se do susto e da aversão que experimentávamos quando, à mesa, papai cismava de fazer escarcéu por causa de uma sopa mais salgada, ou insultava mamãe, chamando-a de idiota".

transporte dos detentos, os comboios dos deportados por via marítima, através do mar Vermelho e do oceano Índico, eram acompanhados por um médico: nos mares quentes, aqueles que tinham dado prova de boa conduta eram libertados dos grilhões e podiam subir ao convés. Havia um problema de falta de ar e de água nas celas, mas a companhia marítima fora informada e tomara providências. A excelência das condições de transporte era demonstrada pela baixa mortalidade durante a viagem[24].

Tchékhov leu esses relatórios. A Plechtchéiev (sabendo que este falaria com Gálkin-Vráski) escreveu que "o material era excelente e rico", mas os funcionários que o redigiram não tinham sabido utilizá-lo[25]. Ao ver as coisas pessoalmente, iria dar-se conta de como eram falsos. Mas o resto das publicações que leu sobre o assunto eram piores ainda. Escritas por quem jamais tinha visto os lugares, eram perda de tempo.

> De um modo geral, há na Rússia uma penúria extrema no que se refere a fatos e uma riqueza extrema de elucubrações de todo tipo, das quais estou agora firmemente convencido, ao estudar o que se escreveu sobre Sacalina.[26]

Com a publicação desses relatórios oficiais e a organização em Petersburgo do quarto congresso carcerário mundial, Gálkin-Vráski pretendia responder a todos os artigos e panfletos, escritos por revolucionários russos refugiados na Europa, que acusavam de

---

24. Russie. Ministère de l'Intérieur. Administration Générale des Prisons, "Aperçu de son activité pendant la période décennale 1879 à 1889", *Actes du Congrès Pénitentiaire International de Saint-Pétersbourg 1890*, IV (São Petersburgo, 1890), pp. 597-641.
25. Anton Tchékhov a Aleksei Plechtchéiev, 15 de fevereiro de 1890. Tchékhov sabia de possíveis contatos entre Plechtchéiev e Gálkin-Vráski, e escreveu na referida carta: "Se vir Gálkin-Vráski, diga-lhe para não se preocupar muito com o que escrevem a respeito de suas resenhas".
26. Anton Tchékhov a Aleksei Suvórin, 23 de fevereiro de 1890.

crueldade o sistema penitenciário tsarista[27]. Um eclesiástico britânico chamado Lansdell, que os exilados russos consideravam ser um agente do governo de Petersburgo, fez uma viagem à Rússia e à Sibéria, e ao regressar escreveu um livro para elogiar as reformas penais, a eficiência e o tratamento humano dos cárceres. Quando viu o livro, Piotr Kropótkin, que se encontrava preso em Lyon, após uma arriscada fuga da Fortaleza de Pedro e Paulo, escreveu uma réplica para testemunhar "a indescritível crueldade" das prisões russas, e por meio da mulher do médico do cárcere conseguiu fazê-la chegar a Londres, onde foi publicada. Lansdell, por sua vez, respondeu com um artigo. Como Kropótkin ficaria sabendo anos depois, a réplica tinha sido escrita pelo próprio Gálkin-Vráski. Kropótkin publicou outras intervenções na imprensa britânica para "dizer a verdade" sobre as prisões russas, e em 1887 reuniu os artigos num livro, acrescentando um capítulo sobre a ilha de Sacalina, que começava com esta descrição sinistra:

> Há no Pacífico Norte, próximo ao litoral da Manchúria russa, uma vasta ilha – uma das maiores do mundo –, mas tão distante das rotas marítimas, tão estéril e selvagem, e de tão difícil acesso, que até o final do século passado era praticamente desconhecida, e considerada um simples apêndice do continente. Poucos lugares no império russo são piores do que essa ilha: e é para lá que, atualmente, o governo russo manda em exílio os prisioneiros comuns condenados aos trabalhos forçados.[28]

---

27. Serguej M. Kravcinskij (Stepaniak), *La Russia sotterrane: Profili e bozzetti rivoluzionari* (Milão, Treves, 1896). A primeira edição saíra em italiano pelo mesmo editor em 1882; o livro foi traduzido para o francês (Paris, Levy, 1885). O autor (1852–1895) tinha participado da tentativa de insurreição do bando de Matese, com Errico Malatesta e Carlo Cafiero.
28. Piotr Kropótkin, em *Russian and French prisons* (Londres, Ward and Downey, 1887), p. 204. As demais citações de "Introductory", pp. 1-7, e do "Prefácio à edição russa" (1906), na edição organizada por George Woodcock (Montreal/Nova York, Black Rose Books, 1991), pp. xxi-xxv.

O livro de Kropótkin, pensado para um público inglês, não foi traduzido para o russo, e Tchékhov não o conheceu. Mas pôde ler, antes de viajar, a obra do jornalista norte-americano George Kennan. Na juventude, Kennan tinha trabalhado dois anos e meio a serviço de uma companhia norte-americana, para instalar uma linha telegráfica na Sibéria e em Kantchatka: aprendeu o russo e escreveu um livro para elogiar as primeiras tentativas de colonizar a Sibéria. Alguns anos mais tarde fez uma nova viagem, visitando em particular as prisões e os locais de trabalhos forçados, emitindo a propósito um julgamento novamente lisonjeiro. Quando na década de 1880 começaram a circular críticas ao tratamento recebido pelos detentos nas prisões russas, Kennan fez conferências públicas em seu país para defender o governo tsarista. Mais tarde escreveu que na época acreditava de boa-fé que escritores como Kropótkin "tinham representado com cores demasiadamente sombrias e exageradas tanto o governo russo quanto o seu sistema de exílio", e "as descrições das minas e das prisões siberianas, presentes no livro publicado pouco antes pelo reverendo Henry Lansdell, eram totalmente verdadeiras e exatas"[29]. O governo russo outorgou-lhe uma carta que se revelou – escreve Kennan – "uma tábua de salvação nos momentos de tormenta e de angústia". A revista norte-americana *The Illustrated Monthly Magazine* financiou a viagem, e em 1885 Kennan voltou à Rússia. Não chegou até Sacalina, mas visitou prisões e minas da Sibéria.

As coisas que viu fizeram-no mudar de idéia. Na volta, de passagem por Londres, Kropótkin, acompanhado de outros exilados russos, quis encontrá-lo. "Para nossa grande surpresa", lembra Kropótkin, "ele não só falava russo muito bem, mas conhecia tudo que se podia conhecer sobre a Sibéria. Conhecíamos, entre todos, grande parte dos exilados e crivamos Kennan de

---

29. George Kennan, *Siberia and the Exile System* (Londres, 1891), pp. I-II.

perguntas"³⁰. Em uma série de artigos, publicados pelo jornal que patrocinara sua viagem, Kennan denunciou as condições desumanas em que eram mantidos os detentos na Sibéria. Seus artigos, depois reunidos num livro, foram traduzidos para o russo em Londres e dali introduzidos clandestinamente na Rússia. "Li Kennan", anotou Tolstói em seu diário, "e senti desprezo e horror diante das notícias sobre a Fortaleza de Pedro e Paulo"³¹. Tchékhov também ficou muito perturbado com o que leu, a ponto de aproximar Kennan do famoso viajante e naturalista Von Humboldt. Um mês e meio antes da partida, escreveu a Suvórin que não tinha os planos "de Humboldt, nem mesmo os de Kennan", e só pretendia escrever cem ou duzentas páginas para saldar seu débito para com a medicina. Talvez não escrevesse nada, "mas, ainda assim, a viagem mantém para mim o seu aroma: lendo, olhando para tudo e ouvindo, conhecerei e aprenderei muito". E concluía:

> Ainda não viajei, mas, graças aos livros que agora li por necessidade, fiquei sabendo muita coisa que todos devem saber, sob pena de quarenta açoites, e que minha ignorância não me permitiu conhecer antes.³²

Tchékhov considerava a deportação e a prisão perpétuas equivalentes à pena de morte, e estava convencido de que ao

---

30. Piotr Kropótkin, *Memorie di un rivoluzionario*, op. cit., p. 134. Foi diferente a acolhida que Kennan teve da parte de Lev Tolstói, a quem contou "o que sofriam na Sibéria Oriental os condenados políticos". Kennan escreve que "não quis ler os manuscritos que lhe trouxera expressamente e declarou que, ao mesmo tempo que se compadecia de muitos daqueles delinqüentes, não podia ajudá-los porque o sistema deles não lhe agradava. Haviam recorrido à violência e com violência eram tratados. [...] O Conde estava resolvido a não demonstrar simpatia por homens e mulheres cuja conduta desaprovava" (George Kennan, *Siberia and the Exile System*, op. cit., p. 162n.).
31. Anotação de 5 de janeiro de 1889, em Lev Tolstói, *I diari*, op. cit., p. 278.
32. Anton Tchékhov a Aleksei Suvórin, 9 de março de 1890.

cabo de cinqüenta ou cem anos pareceriam semelhantes ao corte do nariz ou do dedo da mão. Mas para mudar faltavam conhecimentos, e depois coragem. Numa correspondência jornalística enviada logo após sua partida para Sacalina, Tchékhov deplorava uma ignorância que fora difundida. A *intelligentsia* continuava a repetir que todo culpado era produto da sociedade, "mas como ela lhe é indiferente!". O jurista aprendia na universidade a julgar um indivíduo e a condená-lo à prisão ou ao degredo, e, uma vez obtido um emprego, limitava-se a julgar e a condenar: "e aonde vai parar o culpado depois do processo e com que finalidade, o que é o cárcere e o que é a Sibéria, ele não sabe, não lhe interessa e não entra no âmbito de suas competências"[33].

A VIAGEM

No verão de 1889, Anton Tchékhov conheceu em Odessa uma atriz chamada Kleopatra Karatýguina, que passara muitos anos na Sibéria. Teria sido ela a sugerir-lhe a idéia? Deu-lhe nomes de pessoas para contato e conselhos sobre a navegação dos rios; presenteou-o com um travesseiro para o caso de ficar indisposto durante a viagem; aconselhou-o a nunca perguntar a ninguém por que motivo estava na Sibéria – sugestão que Anton colocou em prática[34].

No início de janeiro de 1890, Tchékhov conseguiu um encontro com Gálkin-Vráski, diretor da administração carcerária, para pedir-lhe a concessão de um documento que o autorizasse a visitar a ilha para fins literários e científicos. O funcionário rece-

---

33. Anton Tchékhov, "Da Sibéria", VII (18 de maio de 1890).
34. Cf. Brian Reeve, "Introduction", em Anton Tchékhov, *A journey to Sakhalin*, op. cit., p. 15; Juras T. Ryfa, *The problem of genre and the quest for justice in Chekhov's The island of Sakhalin* (Nova York, The Edwin Mellen Press, 1999), p. 13; Donald Rayfield, *Anton Chekhov: A life* (Evanston, Northwestern University Press, 2000²), pp. 200-2 (trata-se da mais recente e bem informada biografia, que inclui material inédito).

beu-o afavelmente e prometeu ajudá-lo; depois expediu uma ordem secreta de que a Tchékhov fosse proibido todo contato com prisioneiros políticos[35]. Tchékhov jamais recebeu a autorização oficial. Viajou como correspondente do jornal de Suvórin e ao chegar à ilha teve receio de ser mandado de volta.

Na época era possível chegar a Sacalina por via marítima a partir de Odessa, em dois meses. Não fazia muito também os deportados viajavam assim. Esse foi o trajeto que Tchékhov fez para voltar. Mas na ida escolheu viajar por terra, um percurso mais longo, e demorou dois meses e meio. Tratava-se de percorrer cerca de 11 mil verstas, mais ou menos 12 mil quilômetros. Seu editor, Suvórin, emprestou-lhe dinheiro, em troca de artigos para o jornal. Através das cartas que Tchékhov expediu, a viagem pôde ser reconstruída: em casa, a família tinha um mapa para acompanhar o itinerário.

Depois de um primeiro trajeto por trem, tomou um navio a vapor que descia o Volga. Do vapor viu desfilarem "prados alagados, mosteiros inundados de sol, igrejas brancas", e também vacas pastando nas margens e gaivotas pairando sobre a água; rebocadores puxavam balsas. Sentia-se em casa ainda. Dias depois, o Kama pareceu-lhe um rio "muito sem graça", e achou o mesmo das cidades cinzentas às suas margens: "parece que seus habitan-

---

[35]. Em Sacalina, os presos políticos eram cerca de quarenta entre os 10 mil deportados, mas era devido ao tratamento que lhes era dispensado, sobretudo nesse período, que o governo russo estava sob acusação. "O ano de 1889 ficará indelevelmente gravado na memória de todos aqueles que à época eram prisioneiros na Sibéria", escreveu em suas memórias o revolucionário Leo Deutsch. Nesse ano, em Kara, após uma longa greve de fome realizada pelas detentas, uma mulher morreu depois das vergastadas, e outras mulheres suicidaram-se com veneno. Em Iakutsk, servindo-se da baioneta e da coronha dos fuzis, soldados mataram estudantes que tinham protestado contra a necessidade de percorrer longos trechos a pé, sem paradas; três detentos foram enforcados, e 19 foram condenados aos trabalhos forçados perpétuos. Cf. Leo G. Deutsch, *Sedici anni in Siberia: Memorie di un rivoluzionario russo* (Milão, Sonzogno, 1905), pp. 247-63; a citação encontra-se à p. 250.

tes dedicam-se a fabricar nuvens, tédio, tapumes molhados, estradas lamacentas e que seja essa sua única ocupação".

Da cidade de Pern, Tchékhov prosseguiu de trem através dos montes Urais sob uma tempestade de neve e deteve-se em Ekaterinburg, acolhido pela chuva e o neviscar. Sentiu-se às portas de um mundo desconhecido. Nas cartas começou a caçoar das situações com que deparava. Os habitantes – escrevia para a família – têm "zigomas salientes, frontes enormes, ombros largos, olhos pequenos e punhos colossais", e, quando algum deles entra no quarto com o samovar, "a gente espera ser morto a qualquer instante". Continuava a neviscar. Encontrou um hotel e mandou um telegrama à cidade vizinha de Tiumien, para saber a data da partida do vapor pelo rio. De Tiumien responderam que o vapor partiria dali a duas semanas. Tchékhov decidiu então alugar um daqueles carros ("uma espécie de cesta de vime") puxados por dois cavalos, com troca de cocheiros particulares nas estações dos povoados. Com o incômodo malão duro que trouxera consigo (contra a opinião de quem aconselhava um grande saco de couro, mais manejável), pôs-se a caminho na planície siberiana.

A neve ainda não se dissolvera de todo. Somente os patos diziam que era primavera, e as longas revoadas de grous e de cisnes. Seu carro ultrapassa uma família de emigrantes que tinha vendido tudo para mudar-se para a Sibéria, um comboio de detentos com seus grilhões esfalfados pelo caminho tanto quanto os soldados da escolta, andarilhos com seus caldeirões nas costas... À noite a terra gelava, a carroça ia aos trancos e solavancos. É como se o estômago quisesse sair pela boca, escreveu Tchékhov numa carta: sentia o corpo inteiro entorpecido, e os pés pareciam ter um princípio de congelamento.

Começaram as chuvas e os ventos. Fazia muito frio e os rios transbordavam. Muitas vezes era preciso trafegar no escuro, em balsas impulsionadas por "remos gigantescos que parecem pinças de lagostim", ou a pé, puxando os cavalos pelas rédeas e verificando com uma vara comprida a profundidade das águas. Em Tomsk havia "uma lama que segura o pé da gente". Nos momentos em que lhe era possível, Tchékhov escrevia a lápis suas notas de viagem, para mandar ao editor.

Depois de Tomsk as estradas tornaram-se ainda mais lamacentas; as telegas quebravam e era necessário seguir a pé. Por um bom trecho de estrada viajou em companhia de dois tenentes e de um médico militar, que iam prestar serviço na região do Amur. Brincando, escreveu à família que, graças a eles, o revólver que trouxera consigo tornara-se supérfluo.

A paisagem mudou depois do "majestoso" rio Ienissei. Sentando-se à margem e contemplando as águas que se precipitavam "com força rápida e vertiginosa" em direção ao oceano Ártico, Tchékhov comparou-o com o Volga. "O homem do Volga", escreveu para o jornal, "iniciou com a audácia e terminou com um lamento que se chama canção [...]. O homem do Ienissei começou sua vida com um lamento e irá terminá-la com uma audácia que nem sequer podemos imaginar." As cidades opressivas e tediosas que encontrara pelo caminho davam lugar ao ar livre da taiga, intocada e selvagem, que se estendia até Irkutsk. "A força e o encanto da taiga", escreveu na última reportagem da viagem, "não estão em suas árvores gigantescas, ou em seu silêncio sepulcral, mas no fato de que somente as aves migratórias devem saber onde ela termina." Do alto de um monte avistava-se um bosque "e mais adiante outro monte coberto por uma vegetação frondosa, e depois desse um outro monte igualmente frondoso e, além, um terceiro e mais outro e assim até o infinito...". Nesse ambiente misterioso e inexplorado, Tchékhov experimentava uma sensação de liberdade. "De repente surge entre as árvores um caminho que desaparece na escuridão da floresta: aonde vai dar esse caminho?" Numa fábrica clandestina de vodca? Num povoado desconhecido das autoridades? Numa mina de ouro descoberta por um bando de andarilhos?

Depois do espetáculo do vasto lago Baikal, circundado de montanhas, a viagem por terra chegava ao fim. Tomava-se um barco a vapor e descia-se o rio Amur entre "penhascos, florestas, milhares de patos, garças e toda uma canalha bicuda, além da imensidão sem fim". O rio fazia fronteira com o império chinês. "Quando quero", escreveu Tchékhov a Suvórin, "olho para a [margem] russa, quando não, para a chinesa." À medida que prosseguia, os chineses tornavam-se "mais numerosos do que moscas". Depois notou os japoneses, ou melhor, as japonesas, com seus penteados complicados, "de tronco bem feito, mas, pelo que pude ver, de coxas curtas". Na esteira de uma tradição cultural disseminada na *intelligentsia* russa da década de 1870, Tchékhov via na Sibéria um território de fronteira aberto à colonização. Tinha a impressão de estar viajando pela Patagônia, ou pelo Texas. Na região do Amur, os homens eram mais livres do que na França ou na Suíça: "é um lugar bonito, espaçoso, livre e ameno".

O vapor chegou a Nikoláievsk em 5 de julho de 1890: era a última cidade ribeirinha, já diante da ilha de Sacalina[36].

---

36. Para a viagem de Tchékhov baseei-me na seleção de cartas publicadas em italiano no *Epistolario* (org. de Gigliola Venturi e Clara Coïson, Turim, Einaudi, 1960), de onde são tiradas as citações, e na seleção mais ampla das *Letters of Anton Chekhov to his family and friends*, organizada por Constance Garnett (Nova York, MacMillan, 1920; agora disponível em formato eletrônico em <http://www.gutenberg.net/etext/6408)>. Além disso, recorri às notas introdutórias a algumas edições de *A ilha de Sacalina*, em particular as de Robert Payne (Westport, Greenwood Press, 1967), Irina Ratushinskaya (Londres, The Follio Society, 1989), Brian Reeve (Cambridge, Ian Faulkner, 1993), Sophie Lazarus (Grenoble, Éditions Cent Pages, 1995), Roger Grenier (Paris, Gallimard, 2001), além de Juras T. Ryfa, *The problem of genre...*, op. cit., pp. 27-54 (capítulo "The history of the journey"). Para um testemunho de como se viajava na Sibéria por meio de *tarantás* (carruagem puxada por quatro cavalos), cf. Luchino Dal Verme, *Giappone e Siberia. Note di viaggio* (Milão, 1882), pp. 401-3, 411-2. A referência à Patagônia e ao Texas encontra-se no primeiro capítulo de Anton Tchékhov, *L'isola di Sachalin*, op. cit., p. 57. As citações sobre a taiga foram tiradas de Anton Tchékhov, *Dalla Siberia*, op. cit., IX, pp. 49-51. Sobre a visão que Tchékhov tem da Sibéria remeto a Victor Erlich, "Images of Siberia", *The Slavic and East European Journal* (Wisconsin, Beloit, *I, 4*, 1975), pp. 245-6. Para as imagens da Sibéria na *intelligentsia* e na administração russa baseei-me em Alberto Masoero, "Autorità e territorio nella colonizzazione siberiana", *Nuova Rivista Storica* (CXV, fasc. II), com bibliografia, pp. 439-86.

O INFERNO

A ilha dos deportados era uma tira nebulosa no grande oceano.

Parece que ali é o fim do mundo e que já não há como seguir além. Sentimento semelhante devia tomar conta de Ulisses, quando singrava um mar desconhecido e, inquieto, pressagiava encontros com criaturas extraordinárias.[37]

Do vapor, Tchékhov deleitava-se com o espetáculo das baleias que lançavam seus jatos de água, mas sentia-se cada vez mais inquieto. Um oficial disse-lhe que não podia desembarcar por não ter uma autorização do governo. Quando foram largadas as âncoras, avistou além da costa o clarão de incêndios distantes e o aparecimento "sinistro em plena escuridão de um quadro irreal, composto pelo perfil das montanhas, a fumaça, as labaredas e as fagulhas do fogo". Era como se toda a ilha estivesse ardendo. "E tudo é envolto pela fumaça", escreve Tchékhov, "como no inferno." O comandante da tropa, indicando os deportados na balsa prontos para descarregar o vapor, disse-lhe irritado: "Não são eles, os forçados aqui somos nós"[38]. Em terra não havia casas de alvenaria, e a mulher de quem alugou um cômodo, trazendo-lhe o samovar, disse que "seria melhor não ter olhos para ver"[39].

Assim teve início a viagem num inferno em que não havia círculos e nem regra de talionato[40]. Era tudo misturado. A gente senta para escrever um bilhete na casa de um conhecido, lem-

---

37. Anton Tchékhov, *L'isola di Sachalin*, op. cit., p. 60.
38. Id., ib., pp. 70-3.
39. Id., ib., p. 73.
40. Cathy Popkin, "Chekhov as ethnographer: epistemological crisis on Sakhalin Island", *Slavic Review* (Illinois, Urbana, 51, 1, 1992), pp. 36-51; Michael Finke, "The hero's descent to the underworld in Chekhov", *Russian Review* (Kansas, Lawrence, 53, 1, 1994), pp. 67-80.

bra Tchékhov, "e mais atrás, plantado ali à espera, há um criado dele, um forçado, segurando a faca com que acabou de descascar batatas na cozinha"[41]. Os condenados não se distinguiam dos colonos livres. Enfermarias e hospitais amontoavam doentes, fosse qual fosse a doença, junto com indivíduos que perdiam o juízo devido às insuportáveis condições de vida, e não havia medicamentos. Por toda parte o imprevisto, o arbítrio, a injustiça. Aos culpados de infrações eram dadas de trinta a cem vergastadas: o número dependia de quem dava a ordem. Tchékhov anotou:

> Um diretor de prisão, cujo limite era trinta, quando teve de substituir o responsável do distrito, tratou logo de aumentar para cem a sua dose habitual, como se essas cem vergastadas fossem o novo símbolo do poder, uma marca que ele manteve até o retorno do responsável do distrito, voltando depois escrupulosamente às costumeiras trinta vergastadas.[42]

Nenhuma estatística digna de confiança; nenhum arquivo mantido em ordem; agrônomos que falsificavam os dados. As pessoas não se lembravam e a única esperança que tinham era fugir. Tchékhov fez imprimir milhares de formulários para o recenseamento e iniciou a pesquisa. As respostas não eram confiáveis: nomes e sobrenomes inventados, idades imprecisas, condições sociais lembradas indistintamente como "a liberdade", período de condenação rememorado com dificuldade e dor, filhos e laços de família difíceis de definir. Foi essa realidade que Tchékhov tentou colocar em ordem.

A PESQUISA DE UM MÉDICO EUROPEU

Aos 24 anos Tchékhov tinha começado a escrever uma tese de doutorado com o título, ainda vago, de *História da medicina*

---

41. Anton Tchékhov, *L'isola di Sachalin*, op. cit., p. 78.
42. Id., ib., p. 368.

na Rússia. Não conseguiu terminá-la e, quando decidiu fazer uma viagem a Sacalina, achou que essa experiência podia oferecer um bom tema para a dissertação. Abordou várias vezes esse assunto com Suvórin. Antes de partir, confidenciou-lhe que pretendia pagar desse modo a sua dívida para com a medicina[43]; na primeira carta que lhe enviou, logo depois de deixar a ilha, escreveu que tinha recolhido material para três teses[44]; quando finalmente ia começar o livro, disse estar satisfeito por pendurar no próprio guarda-roupa literário "esse rústico gabão de encarcerado". Era um trabalho acadêmico, e finalmente a medicina não podia mais repreendê-lo[45]. A obra sobre Sacalina não foi aceita como tese em medicina, mas foi escrita nessa perspectiva[46].

Tchékhov apresentava-se como médico. Seus dois cães, aos quais era muito afeiçoado, chamavam-se Brometo e Quinino. Por muitos anos seu trabalho foi visitar pacientes e receitar tratamentos; durante o cólera de 1892, queixava-se de correr todos os dias por caminhos que não conhecia, com cavalos e carruagem "em petição de miséria", e de dedicar à escrita o pouco tempo que lhe sobrava[47]. Admirava os progressos da medicina e tinha confiança nas descobertas do futuro. A Suvórin, cético como sempre, escreveu ao regressar de Sacalina: "Acredito tanto em Koch quanto no espermatozóide e agradeço a Deus. [...] Só o que a cirurgia conseguiu já é um assombro. Para os que estudam hoje, a medicina de vinte anos atrás era simplesmente uma lástima". E acres-

---

43. Anton Tchékhov a Aleksei Suvórin, 9 de março de 1890. Cf. Lee J. Williams, *Anton Chekhov the iconoclast* (Montrose, University of Scranton Press, 1989), p. 30.
44. Anton Tchékhov a Aleksei Suvórin, 11 de setembro de 1890.
45. Anton Tchékhov a Aleksei Suvórin, 2 de janeiro de 1894.
46. Leonid Grossman, "The naturalism of Chekhov" [1914], em Robert L. Jackson (org.), *Chekhov: A collection of critical essays* (Englewood Cliffs, Prentice Hall, 1967), pp. 17-8; Lee J. Williams, *Anton Chekhov the iconoclast*, op. cit., pp. 29-30, 34.
47. Anton Tchékhov a Aleksei Suvórin, 1º de agosto de 1892.

centava que, se lhe tivessem pedido para escolher entre os ideais da década de 1860 – referindo-se aos populistas e aos escritores políticos – e o pior hospital da atualidade, não teria hesitado: "eu escolheria o segundo"[48]. Medicina, ciências naturais e literatura tinham origem e objetivos em comum. A Suvórin, que pensava de outro modo, escrevia: "Se uma pessoa conhece a teoria da circulação do sangue, então ela é rica; se, além disso, ela aprender a história das religiões e a romança 'Lembro-me do instante maravilhoso'[49], então ela não ficará mais pobre, e sim mais rica ainda". E citava o exemplo de Goethe, em que coexistiam o poeta e o naturalista, para sustentar que somente os erros podiam lutar entre si, não os conhecimentos. Em sua opinião, o erro dos escritores russos era não conhecer as ciências naturais[50]. Exemplo disso era a desconfiança, para não dizer a hostilidade, de Tolstói em relação à medicina. Se tivesse estado à cabeceira do príncipe Andrei em *Guerra e paz*, dizia Tchékhov, "eu o teria curado"[51]. E assim *Anna Kariênina* era uma obra-prima: mas quando falava de orfanatos para crianças abandonadas ou da repugnância da mulher pelo coito, Tolstói tratava de assuntos que não conhecia, demonstrando nunca ter lido livros escritos por especialistas[52]. Do mesmo modo, a uma amiga que escrevia contos, Tchékhov reprovou a falta de conhecimentos científicos: ignorava por exemplo que a sífilis era curável e tendia a culpar os doentes pela própria doença[53].

Na discussão em curso a respeito do materialismo, Tchékhov estava entre aqueles que defendiam que a verdade podia ser conhecida com microscópio, sonda e bisturi, ao passo que Suvórin parecia defender que apenas a parte corpórea do homem, e não a

---

48. Anton Tchékhov a Aleksei Suvórin, 24 de dezembro de 1891.
49. Alusão à romança do compositor M. I. Glinka (1804–1857), baseada num famoso poema de Púchkin. (N. do T.)
50. Anton Tchékhov a Aleksei Suvórin, 15 de maio de 1889.
51. Anton Tchékhov a Aleksei Suvórin, 25 de outubro de 1891.
52. Anton Tchékhov a Aleksei Plechtchéiev, 15 de fevereiro de 1890.
53. Anton Tchékhov a Eliena Chavrova, 28 de fevereiro de 1895.

espiritual, estava sujeita às leis da natureza e à observação científica. Tchékhov sustentava que tudo era matéria e que fora da matéria não há "nem experiência e nem conhecimento, portanto, não há verdade". Era impossível distinguir onde terminavam os fenômenos físicos e onde começavam os psíquicos. Referindo-se à própria experiência profissional, acrescentava: "Acho que, quando se disseca um cadáver, até mesmo o espiritualista mais empedernido há de se fazer *obrigatoriamente* a pergunta: onde é que fica a alma aqui?". Males do corpo e males do espírito estavam ligados e curavam-se com os mesmos remédios, devido justamente à impossibilidade de separar a alma do corpo[54].

O fato de não acreditar "em nada que não possa ser percebido por um ou mais de um de seus cinco sentidos", como observou Raymond Carver[55], afastou-o da filosofia tolstoiana, que o tinha influenciado na juventude: achava que havia mais amor na energia elétrica do que no vegetarianismo e na exortação à castidade[56]. Uma vez – já tinham se conhecido e freqüentavam-se – Tolstói foi encontrar Tchékhov numa clínica de Moscou, onde fora internado após uma hemorragia. Pensando talvez na gravidade da doença, Tolstói pôs-se a falar da imortalidade: um mistério – dizia – para o qual se dirigem todos os seres. Tchékhov ouvia em silêncio, imaginando fundir-se "numa informe massa gelatinosa", e respondeu que não sabia o que fazer com semelhante imortalidade e que não a compreendia[57]. Tolstói ficou surpreso e reforçou ainda mais a idéia de que Tchékhov "não tinha elaborado uma concepção de mundo capaz de distinguir o bem do mal"[58]. Aos visitantes estrangeiros que pediam sua opinião sobre a literatura russa, Tolstói dizia que Tchékhov era um gênio, mas que in-

---

54. Anton Tchékhov a Aleksei Suvórin, 7 de maio de 1889.
55. Raymond Carver, "L'incarico", em *Da dove sto chiamando* (Roma, minimum fax, 1999), p. 569.
56. Anton Tchékhov a Aleksei Suvórin, 24 de março de 1894.
57. Anton Tchékhov a Mikhail Miénchikov, 16 de abril de 1897.
58. Lev Tolstói, *I diari*, op. cit., p. 445 (16 de janeiro de 1900).

felizmente não tinha uma visão coerente da vida[59]. Escrevendo ao seu colaborador Tchertkov, exilado em Londres, Tolstói certa vez definiu Tchékhov "um ateu absoluto, mas excelente pessoa"[60]. Em sua opinião, ele dependia da medicina. Se não fosse um médico, dizia, escreveria melhor[61].

Tchékhov, ao contrário, reconhecia que a atividade de médico exercera uma influência positiva na própria atividade literária, ampliando o campo das observações e permitindo escapar de muitos erros. Achava que a literatura, e até mesmo o teatro na medida em que as convenções o permitissem, devia conformar-se aos dados científicos[62]. Além disso, tanto a literatura como a ciência buscavam "a verdade incondicional e honesta", como disse a uma amiga escritora. Para um químico não existia nada sujo, e assim devia ser para um escritor, que "não é confeiteiro, nem maquiador, nem bufão", mas um repórter. "O que você diria de um repórter que, por repulsa ou pelo desejo de satisfazer os leitores, descrevesse apenas prefeitos honestos, damas sublimes e ferroviários virtuosos?" Seria o mesmo que pedir a um pintor que pinte uma árvore, "proibindo-o de reproduzir sua casca suja e folhas amareladas". Por isso, um escritor devia retratar "a vida tal como ela é na realidade", sabendo que "as paixões más são tão inerentes à vida quanto as boas"[63].

As comparações com a química e a medicina estavam na base da literatura que tinha a ver com Zola. A citação com que se

---

59. Laurence Kominz, "Pilgrimage to Tolstoy. Tokutomi Rōka's Jurei Kik", em *Monumenta Nipponica* (Tokyo, *41, 1*, 1986), p. 95.
60. Lev Tolstói a Vladímir Tchertkov, 30 de novembro de 1901, em Lev Tolstói, *Le lettere*, II (1876–1910) (Milão, Longanesi, 1978), p. 369.
61. Maksim Gor'kij, *Ricordi su Lev Nikolaevic Tolstoj* (Leningrado, 1919), apud Maksim Gor'kij; Anton Čechov, *Carteggio articoli e giudizi* (Roma, Rinascita, 1954), p. 157. As reminiscências referem-se a 1901–1902. Sobre a relação entre Tolstói e Tchékhov, cf. Thomas Winner, *Chekhov and his prose* (Nova York, Holt, Reinhart and Winston, 1966), pp. 57-68.
62. Anton Tchékhov a Grigóri Rossolimo, 11 de outubro de 1899.
63. Anton Tchékhov a Maria Kisseliova, 14 de janeiro de 1887.

inicia *Térèse Raquin* é "Virtude e vício são simples produtos como o açúcar e o ácido sulfúrico"; e, no segundo prefácio ao romance, Zola defendia-se de seus críticos, comparando-se a um cirurgião diante de uma mesa de anatomia[64]. Essas palavras deviam parecer verdadeiras para alguém como Tchékhov, que na mocidade tinha executado autópsias legais por conta dos tribunais[65] e que uma vez disse de si mesmo: "A medicina é minha esposa legítima e a literatura é a minha amante"[66]. Em uma carta escrita a Suvórin poucos meses antes da viagem para Sacalina, escreveu: "Tanto a anatomia como as letras têm a mesma origem nobre, os mesmos fins e o mesmo inimigo: o demônio, e não há razão nenhuma para se digladiarem"[67].

Num brevíssimo currículo feito aos 32 anos, Tchékhov escreveu: "Entre os escritores prefiro Tostói; entre os médicos, Zakhárin"[68]. Esse último, seu professor na faculdade de medicina de Moscou, tinha trabalhado em Paris com Claude Bernard, autor de uma *Introdução à medicina experimental*, um texto de sucesso nas universidades européias que defendia a importância da observação direta e da abordagem empírica, e punha em primeiro plano a interação entre indivíduo e ambiente social e físico. Um estudante educado na escola de Bernard acostumava-se a considerar a saúde e a doença em relação com o clima, a paisagem, hábitos alimentares, condições de trabalho, mentalidade, qualidade do ar e da água; interessava-se por questões de psicologia, etnografia, topografia, estatística; tentava descobrir relações entre propriedades geológicas do solo, características da flora e da fauna, doenças ambientais, superpopulação, pobreza. Quando a doença era produzida no organismo por um ambiente desfavorável, as primeiras providências

---

64. Leonid Grossman, "The naturalism of Chekhov", op. cit., pp. 37-8.
65. Brian Reeve, "Introduction", op. cit., p. 15.
66. Anton Tchékhov a Aleksei Suvórin, 11 de setembro de 1888.
67. Anton Tchékhov a Aleksei Suvórin, 15 de maio de 1889. Cf. Henri-Bernard Duclos, *Anton Tchekhov le médecin et l'écrivain: Contribution à l'histoire de la médecine* (Montpellier, tese de doutorado em Medicina, 1927).
68. Anton Tchékhov a Vladímir Tíkhonov, 22 de fevereiro de 1892.

a serem tomadas contemplavam medidas de higiene, reformas sociais, difusão dos conhecimentos, intervenções de saúde pública; o estado de saúde de um indivíduo seguia a melhora do clima, do ambiente, da comida, das casas e dos locais de trabalho, e assim por diante, dentro de uma evolução social a longo prazo, segundo os ensinamentos de Darwin. "As florestas não param de diminuir, os rios secam, os animais silvestres desapareceram, o clima piorou e a cada dia a terra torna-se cada vez mais pobre e mais árida": essas palavras, na peça *Tio Vânia*, são ditas por um médico. Não é um tom de resignação, mas de confiança nas possibilidades do indivíduo. O mesmo médico acrescenta logo a seguir: "quando ouço farfalhar o jovem bosque, que plantei com minhas próprias mãos, sinto que tenho algum poder sobre a bondade do clima e que se daqui a mil anos o homem for feliz, terei contribuído um pouquinho para isso"[69]. Essas palavras expressam bem os sentimentos de Tchékhov ao partir para Sacalina[70].

---

69. Anton Tchékhov, *Zio Vanja* (trad. Carlo Grabher), em *Racconti e teatro* (Florença, Sansoni, 1966), p. 1246.

70. Sobre os estudos de medicina de Tchékhov, sobre a influência de Zola e de Darwin em sua formação, e sobre as relações entre medicina, ciências naturais e narrativa do período baseei-me em Leonid Grossman, "The naturalism of Chekhov", op. cit., pp. 32-48; Boris Eichenbaum, "Chekhov at large", em *Chekhov: A collection of critical essays*, op. cit., pp. 21-31; Simon Karlinsky, "Introduction: the gentle subversive", em *Letters of Anton Chekhov* (Londres, The Bodeley Head, 1973), pp. 2-32; Philip Duncan, "Chekhov's 'an attack of nerves' as 'experimental' narrative", em Thomas A. Eekman (org.), *Critical essays on Anton Chekhov* (Boston, G. K. Hall & Company, 1989), pp. 70-8 [retirado de Paul Debreczeny e Thomas A. Eekman (org.), *Chekhov's art of writing: A collection of critical essays* (Columbus, 1977)]; John Tulloch, *Chekhov: structuralist study* (Londres, The MacMillan Press, 1980); Joanne Trautmann, "Doctor Chekhov's Prison", em Joanne Trautmann (org.), *Healing arts in dialogue: Medicine and literature* (Carbondale and Edwardsville, Southern Illinois University Press, 1981), pp. 125-37; David J. Galton, "Chekhov after Sakhalin island", *Journal of Medical Biography*, IV (2, 1996), pp. 102-7, A. L. Wyman,

No decorrer da pesquisa, Tchékhov visitou habitações, cozinhas, cárceres, manufaturas, latrinas, enfermarias, hospitais, vilarejos, casernas, igrejas, feitorias, cemitérios, escolas, minas, dormitórios; informou-se sobre os resultados da agricultura e da pesca; estudou clima, qualidade do solo e da água, estado das florestas; coletou dados no registro civil e nos relatórios policiais; falou com carcereiros, militares, funcionários, autoridades, guardas, deportados, padres; recolheu observações etnográficas sobre os *guiliaki* e os *ainy*, e sobre as conseqüências negativas das tentativas de "russificá-los"; examinou minuciosamente a situação das crianças doentes, das mulheres tratadas como animais domésticos, das meninas obrigadas à prostituição. No fim, Tchékhov falou, com amarga ironia, de *"febris sachaliniensis"*, causada pelos trabalhos desumanos, o frio, a comida intragável, as chicotadas, as noites ao relento, os tratamentos cruéis. A propósito da alta mortalidade por tuberculose, escreveu:

> O clima rigoroso, as diversas privações sofridas durante os trabalhos, os deslocamentos, a reclusão em solitárias, a vida atribulada das celas coletivas, a falta de gordura na alimentação, a saudade da terra natal: são essas as causas principais da tuberculose em Sacalina.

Podia-se dizer o mesmo dos casos de loucura: "todos os dias e todas as horas há motivos suficientes para fazer uma pessoa razoável perder o juízo, com os nervos em frangalhos"[71].

"Anton Chekhov, writer and physician: wedded to medicine", *Journal of Medical Biography*, IV (*3*, 1996), pp. 154-60, Juras T. Ryfa, *The problem of genre...*, op. cit., pp. 17-8; Aileen M. Kelly, *Views from the other shore: Essays on Herzen, Chekhov and Bakhtin* (New Haven/Londres, Yale University Press, 1999), pp. 183-4.
71. Cf. *L'Isola di Sachalin*, op. cit., pp. 389, 401.

O LIVRO

Antes de partir para Sacalina, Tchékhov escreveu algumas páginas a respeito da história das viagens e da exploração da ilha, baseado em obras que tinha lido; os mapas geográficos permitiram-lhe contar como a ilha havia sido representada no correr do tempo. Essas páginas constituiriam boa parte do primeiro e do segundo capítulo do livro[72].

De Sacalina, Tchékhov voltou com uma caixa cheia de papéis: 7 mil e quinhentos formulários do recenseamento, pequenos objetos recebidos dos detentos, um caderno de anotações, ordens do dia do comandante da ilha, petições e cartas pessoais. A Suvórin escreveu que sentia uma sensação de bem-estar, sentado finalmente à sua escrivaninha. Mas não conseguia escrever. Sacalina parecia-lhe um inferno. E ao seu redor tudo continuava como de costume. Os jornais exaltavam o patriotismo, mas como se manifestava o amor à pátria? Falavam de justiça e de honra: mas não havia justiça, e, quanto ao conceito de honra, não ia além do "orgulho do uniforme", "uniforme esse que serve de enfeite vergonhoso em nossos bancos de acusados". No entanto, ia começar a trabalhar, ia vencer a preguiça[73].

Dirigiu-se a Petersburgo, onde recolheu fundos para abrir hospitais e escolas em Sacalina, e mandar livros, como fez. Daí em diante sua saúde piorou. Nos meses seguintes dedicou-se a angariar auxílio para os camponeses atingidos por uma carestia que o governo tsarista tentava manter oculta. Um governador culpou a preguiça dos camponeses pela situação. Escrevendo a Suvórin, Tchékhov respondeu que no bem-estar "há sempre um tanto de insolência que se manifesta principalmente no fato de

---

72. Para as atribulações relativas à redação de *A ilha de Sacalina*, remeto ao texto da organizadora da edição russa (Moscou, 1956) Maria L. Semanova, "Osservazioni. Opere incluse da A. P. Čechov nell'Opera omnia. *Isola di Sachalin*", em Anton Tchékhov, *Siberia* (Milão, Moneta, 1960), pp. 261-4.
73. Anton Tchékhov a Aleksei Suvórin, 9 de dezembro de 1890.

que o homem satisfeito joga a culpa no esfomeado"; que, se havia contas a acertar, era antes de mais nada com o governo, com os ministros, com os nobres e os bispos[74]. No ano seguinte, aceitou a nomeação de médico no distrito de Sérpukhov. Pela manhã recebia os pacientes, depois do almoço visitava os povoados. Sobreveio o cólera. Tchékhov tentou "pegá-lo pelo rabo", como escreveu a Suvórin, abrindo isolamentos e percorrendo os 25 povoados, quatro fábricas e um mosteiro que estavam sob sua responsabilidade. Não tinha tempo para mais nada[75].

As dificuldades para escrever deviam-se não só à falta de tempo, mas também à censura. Em 1889, Tchékhov tinha aconselhado ao irmão não submeter uma peça à censura antes de ser lida por "pessoas experientes"[76]. Nesse período, temia por um conto de sua própria autoria, porque metade das personagens falavam "Não creio em Deus": além disso, havia nele tipos que se adequavam "ao lápis vermelho" do censor, como um condenado aos trabalhos forçados, um comissário de polícia que se envergonhava da farda e um nobre odiado por todos[77].

No caso do livro sobre Sacalina, a obra, ainda em provas e sem paginação, devia ser submetida não só ao censor, como também ao próprio Gálkin-Vráski. Após um período no qual pensava em desistir do projeto, Tchékhov começou a escrever. Iniciou com uma passagem sobre as fugas de Sacalina, que se tornaria um dos últimos capítulos do livro e que saiu numa publicação em prol das pessoas atingidas pela carestia, em dezembro de 1891.

---

74. Anton Tchékhov a Aleksei Suvórin, 19 de outubro de 1891.
75. Anton Tchékhov a Aleksei Suvórin, 16 de agosto de 1892. Cf. David J. Galton, "Chekhov after Sakhalin island", op. cit., pp. 102-7.
76. Anton Tchékhov a Aleksandr Tchékhov, 11 de abril de 1889.
77. Anton Tchékhov a Anna Evriéinova, 10 de março de 1889. Cf. Simon Karlinsky, "Introduction", op. cit., pp. 6-7; Anton Chekhov – Alexei Suvorin, *Tatyana Repina: Two translated texts. The 1888 Four Act "Tatyana Repina" by Alexei Suvorin and Anton Chekhov's 1889 One-Act Continuation* (Jefferson/Londres, McFarland & Company, 1999), p. 27.

Mas parou. No verão do ano seguinte, escreveu a Suvórin que não acabaria de escrever enquanto "um Gálkin-Vráski reinar nas prisões"[78]. Recomeçou a escrever somente quando entendeu o que o impedia. Como explicou a Suvórin, por muito tempo parecia querer pontificar sobre o assunto, e ao mesmo tempo esconder algo. "Porém, logo que me pus a descrever o quão estranho eu me sentia em Sacalina e que porcalhões vivem ali, a coisa ficou mais fácil e o trabalho entrou em ponto de ebulição"[79].

Quem examinou o manuscrito pôde notar as intervenções que Tchékhov fez no texto, muito provavelmente por medo da censura. Em primeiro lugar, retirou tudo que pudesse soar como um sermão. Eliminou também juízos individuais do tipo "é um escândalo etc." e apresentou dados de fato. Freqüentemente a primeira pessoa cedeu lugar a expressões impessoais: "eu penso que", por exemplo, tornou-se "pode-se dizer que". No livro, Tchékhov nunca diz seu nome. Nunca lembra que é médico, a não ser no último capítulo, quando faz uma intervenção cirúrgica. Tchékhov viajante parece um homem sempre pronto a acreditar no que lhe dizem, participa de piqueniques e não desdenha a pesca para vencer o tédio: um indivíduo como todos, que observa com honestidade e sem preconceitos e conta o que vê, não um guia onisciente, nem um turista curioso, nem um profeta[80].

Em julho de 1893 Tchékhov começou a mandar os capítulos do livro para a revista *Pensamento Russo*, de tendências liberais e aberta a autores socialistas, a mesma que o tinha criticado. Os capítulos saíram uma vez por mês. A partir de novembro Tchékhov fez chegar a Gálkin-Vráski as folhas paginadas, em vez de mandar-lhe as provas como de praxe[81]. Não houve problemas até os capítulos 20 e 21, que não foram permitidos por falarem de

---

78. Anton Tchékhov a Aleksei Suvórin, 16 de agosto de 1892.
79. Anton Tchékhov a Aleksei Suvórin, 28 de julho de 1893.
80. Brian Reeve, "Introduction", op. cit., pp. 27-8; Juras T. Ryfa, *The problem of genre...*, op. cit., pp. 91-6, 152-3.
81. Anton Tchékhov a Aleksei Suvórin, 11 de novembro de 1893.

soldados, carcereiros, punições com verga e açoite, e da pena de morte. Tchékhov pensou então em juntá-los aos capítulos já publicados e fazer deles um livro, acrescentando o capítulo sobre as fugas de Sacalina, já publicado à parte, e um final, e publicar tudo sem pedir novas autorizações[82]. O volume pôde ser lançado com esse formato em 1895 pela editora da revista, sem encontrar dificuldades (entre outras coisas, Gálkin-Vráski deixou o cargo no ano seguinte). Mas os capítulos que falavam das punições deviam parecer imprudentes se a primeira tradução italiana, lançada em Milão em 1905, publicou-os com enormes cortes, eliminando por exemplo, sem qualquer nota a respeito, a cena da pena de noventa chicotadas[83].

---

82. Anton Tchékhov a Aleksei Suvórin, 16 de março de 1895.
83. Anton Tchékhov, *L'isola di Sachalin* (Milão, L. F. Pallestrini & Company, 1905), cap. XXI, pp. 261-70.

1ª edição Dezembro de 2007 | **Diagramação** Megaart Design
Fonte Cantoria | **Papel** Pólen Soft
Impressão e acabamento Corprint Gráfica e Editora Ltda.